이태준을 읽다

이태준을 읽다

박기호 지음

머리말

일제강점기에 활동했던 작가들 중에서 사상적인 이유나 그 밖의 이유로 월북해 북한에서 문학 활동을 한 작가들이 있다. 이런 이유로 이들은 제대로 평가를 받지도 못했고, 이들의 작품들은 남한에서 금기시되기도 했었다. 지금은 모두 해금되어 그 작가들이 썼던 작품들을 우리가 마음 놓고 읽을 수 있고 교과서에서도 실리고 있다. 그 가운데 대표적인 작가로 시인 정지용, 소설가 이태준이 있다.

이태준은 깔끔하고 운치 있는 문체와 짜임새 있는 구성, 개성 있는 인물 묘사로 단편소설의 진수를 보여준 작가이다. 그는 문학가로서 자의식이 강했기 때문에 《문장》을 주도해서 발행하고, 구인회를 조직해 활동하고, 《문장 연습》이라는 책을 저술하여 글쓰기의 모범을 보이기도 했다. 이런 일련의 활동들은 우리 문학계의 발전을 위해 노력한 성과들이다. 하지만 1946년 월북한 후 그의 활동에 대해서는 거의 알려진 바가 없다. 그가 월북하지 않고 끝까지 남한에 남았다면 우리의 문학적 자산은 더욱 풍요로워졌을 것인데 아쉽기만 하다.

이 책에서는 그의 대표작이라 할 수 있는 단편소설 〈달밤〉, 〈까마귀〉, 〈복덕방〉, 〈돌다리〉를 다루었다. 〈달밤〉에서는 주변에서 볼 수 있는 모자라지만 천진한 인물이 겪는 아픔과 좌절을 보여줌으로써 소외된 인물에 대한 따뜻한 인간애를 드러내고 있다. 〈까마귀〉에서는 존재의 소멸에 대한 허무 의식과 인간의 죽음 문제를 아름답고도 낭만적으로 그리고 있다. 〈복덕방〉에서는 변화하는 현대 사회 속에서 적응하지 못하는 서민들의 삶과 부동산 투기라는 시대적 문제를 보여주고 있다. 〈돌다리〉에서는 농토를 사고파는 문제에 대해서 전통적 가치관을 지닌 아버지 세대와 근대적 가치관을 지닌 아들 세대의 관점을 다루고 있다. 이런 문제들은 과거의 모습만이 아니라 현대에도 유효한 문제들이라는 점에서 음미해 볼 만한 작품들이다.

이 책은 이태준 소설을 먼저 접한 선배가 이태준 소설을 접할 후배들에게 이태준 소설을 좀 더 쉽게 만날 수 있도록 안내하는 책이다. 이 책을 읽으며 이태준의 삶을 이해하고 그의 소설이 지닌 매력과 가치를 느낄 수 있었으면 좋겠다.

박기호

차례

머리말 4

01 이태준의 삶과 작품 세계

이태준의 삶과 문학 10

스승 이병기와 월북 20

02 이태준 작품 읽기

달밤 33

까마귀 57

복덕방 89

돌다리 121

01

이태준의 삶과 작품 세계

이태준의
삶과 문학

고아 의식

이태준은 1904년 11월 4일 강원도 철원군 묘장면 산명리에서 아버지 이문교와 어머니 순흥 안씨 사이의 장남으로 태어났다. 그의 아버지는 지식인에 속했던 사람으로서, 나라를 개혁하는 일을 하려다가 실패하여 쫓기는 신세가 된다. 1909년 이태준은 여섯 살이 되었을 때 망명길에 오른 아버지를 따라 러시아 블라디보스토크로 이주하는데, 그해 아버지가 병이 들어 죽고 만다.

가장을 잃은 가족들은 귀국을 위해 배에 오르지만 뜻밖에 어머니가 둘째 딸을 배 안에서 출산하게 되어 어쩔 수 없이 함경북도 이진에서 내려 인근 소청이라는 곳에 정착하게 된다. 그곳에서 어머니가 음식점을 경영하여 다소간 경제적 안정을 찾고, 이태준은 서당에 다니게 된다. 이태준은 천자문에는 흥미를 느끼지 못했지만 당시(唐詩)를 배우면서부터 한시에 관심을 갖게 되고 글짓기에도 재미를 붙이게 된다.

그러다 이태준이 아홉 살이던 1912년 한겨울에 어머니마저 죽게 되어 삼남매는 졸지에 고아가 된다. 고아가 된 이들 삼남매는 고향인 철원 용담의 친척집에 맡겨진다. 이태준은 열한 살이던 1914년에 안협에 사는 아들이 없는 5촌 댁에 보내지는데, 심한 괄시로 오래 머물지 못하고 다시 용담으로 돌아와 다른 5촌 댁에 살면서 사립 봉명학교에 입학한다. 이런 과정에서 이태준은 자신의 불편한 상황과 주위의 동정에 대해 부끄러움을 느끼며 자존심 강한 아이로 자란다.

친척집을 전전하는 가운데 느낀 인간 세태의 비정함과 고아로서 당했던 현실의 어려움은 이후 그의 삶과 문학 세계에 커다란 영향을 주었다.

> 서울서 중학을 다닐 때도 방학 되는 날 동무들은 모두 짐을 싸며 집에 돌아가는 즐거움에 취할 때 나만은 술 취한 사람 틈에 혼자 술 안 먹은 사람처럼 맨숭맨숭이 고독을 느끼곤 했다. 어떤 때 동무들의 하숙에 갔다가 그들이 집에서 보낸 것이라고 내어놓는 엿 조각이나 과일을 씹을 때에도 나는 속으로 어머니 생각과 함께 그것을 삼키곤 했다. 최근에는 혼인하던 날 제일 많이 어머니를 생각했다.

〈내겐 왜 어머니가 없나?〉에서

그는 항상 부모가 없다는 상실감 속에서 살았다. 이런 고아 의식은 그가 쓴 자전적 단편소설에 자주 드러나는데, 그런 점에서 그의 문학적 토양이 되었다고 할 수 있다.

문학에의 입문

이태준은 봉명학교를 졸업하고 5촌 친척인 이봉하라는 사람이 세운 간이농업학교에 입학하지만 한 달 만에 그만둔다. 그러고는 '자기 세상은 스스로 개척하자'는 생각을 가지고 무작정 집을 떠나 원산으로 간다. 그곳의 한 객줏집에서 일하며 신임을 얻은 뒤 안정을 찾으면서 문학 작품들을 접하게 된다.

그는 2년 남짓 평안도에서 방황하다가 1920년에 서울로 가 이듬해에 휘문고등보통학교에 입학한다. 경제적으로 궁핍하여 책장사 등으로 학비를 조달하느라 늘 수업료 체납자 명단에 끼었으며, 돈을 벌기 위해 학교를 결석하는 일도 잦았다.

그는 휘문고보에서 가람 이병기 선생을 만나 문학의 꿈을 펼치게 된다. 그의 학적부 '기호 및 지망' 란에 '문학'이라 기재되어 있을 만큼 문학에 많은 관심을 가졌다. 《휘문》 창간호에 박종화, 정지용, 이선근과 함께 글이 실렸으며, 《휘문》 2호 발간 때는 학예부장으로 활약했다. 이태준은 《휘문》 2호에 기행문 일등상 작품과 함께 6편의 작품을 발표하기도 한다. 하지만 1924년 6월 13일 '동맹휴교' 주모자로 인정되어 5년제 과정 중 4학년 1학기에 퇴학을 당한다. 이는 이태준의 정신적 방황과 고아 의식에서 비롯된 반항적 기질이 사회적으로 표출된 한 사례라고 할 수 있다.

> 나는 조선의 문학인 됨을 결코 후회하지 않는 자다. 누가 나를 문학에 강제로 이끈 것도 아니요 여러 방면을 생각한 나머지 타산한 결과로 들어선 것도 아니다. 내 자신조차 모르는 동안 가장 자연스럽게 생장 도달한 지점이 이 문학이다. 자연스러움 이상 안락은 없을 것이다.
>
> 〈소설의 어려움 이제 깨닫는 듯〉에서

이태준은 어려운 환경과 여건 속에서도 문학을 가까이했다. 그리고 그의 문학적 체험과 감격은 자신이 좋아서 자연스럽게 이루어진 것이다.

동경 유학과 귀국

이태준은 1924년 가을에 친구의 도움을 받아 일본으로 유학을 간다. 일본에서 〈오몽녀〉를 집필하여 《시대일보》와 《조선문단》에 발표하면서 등단하게 된다. 1926년에는 동경 상지대학교 예과에 입학했으나 생활이 상당히 어려워서 신문 배달 등을 하기도 했다.

이때 나도향, 김지원 등과 교류한다. 이태준은 굶주림과 병고, 고독감 등으로 힘겹게 동경 생활을 하다가 결국 1927년 11월에 상지대를 중퇴하고 귀국한다.

> 사오 년 전 동경 시외에서 지낼 때다. 차표가 떨어져 학교에 못 가고 빗소리와 벌레 소리에 싸인 벌판 외딴집에 누워 있던 그 우울한 가을날, 나는 처음으로 체홉의 작품을 읽은 것이다.
>
> 〈안톤 체홉의 애수와 향기〉에서

1932년 동아일보에 실은 위 글을 보면 그가 얼마나 힘들게 동경 생활을 했는지 알 수가 있다. 그럼에도 불구하고 문학에 대한 열정은 식지 않았다. 하지만 귀국하고 나서 모교인 휘문고보와 신문사 등의 문을 두드렸지만 냉담한 반응만 보일 뿐 반겨주는 곳이 없어 심한 좌절감을 느끼고 방황한다. 일본 유학을 통해 습득한 지식을 마음껏 펼쳐보려던 기대는 점점 절망으로 바뀌어갔다.

> 경성에 도착한 주인공은 연고도 없이 하숙을 잡고 신문사에 취직을 해보려 하지만 번번이 거절당하고 숙박비가 없어 하숙에서 쫓겨난다. 경성에서 학교 다닐 때 함께 휴학 운동을 하고 일제에 투쟁했던 창식을 찾아보지만 그는 이미 운동하다 감옥에 들어갔고, 투쟁 당시 학교 측의 스파이 노릇을 했던 녀석은 모교의 교사로 취

직해서 번듯하게 생활하고 있음을 본다.

〈고향〉에서

그의 자전적 소설인 〈고향〉에서 귀국 후 힘겨웠던 삶을 알 수 있다. 자신이 꿈꾸었던 이상과 조선의 현실이 다르다는 것을 뼈저리게 깨닫는다.

그러다 1929년 잡지사인 '개벽사'에 입사하면서 이태준은 창작 활동을 이어가게 된다. 또 《학생》, 《신생》 등의 편집에 관여하면서 《어린이》에 수필 및 소년물을 발표하기도 한다.

1930년에 이화여전 음악과를 졸업한 이순옥과 결혼하고, 1931년에는 '조선중앙일보'에서 학예부장으로 일하게 된다. 1932년부터 1937년까지 이화여전 문과의 작문 강사로 교편을 잡음으로써 생활의 안정을 찾게 된다.

구인회 활동

1933년 결성된 '구인회'는 당시 카프가 주도하던 사회주의문학에 반대하며 문학의 예술성을 중시했다. 처음에는 이종명, 김유영, 이효석, 유치진, 조용만, 이무영, 김기림, 정지용, 이태준으로 시작했지만, 나중에는 박팔양, 이상, 박태원, 김유정, 김환태, 이무영, 김기림, 정지용, 이태준으로 구성된다. 몇 번에 걸쳐 인물들이 바뀌기는 했지만 늘 9명으로 구성되었다. 이 중에서도 끝까지 구인회를 이끌어간 인물이 이태준이다.

이들은 문학의 자율성에 대한 인식과 문학적 전문가 의식을 내세운 최초의 집단이다. 구인회 작가들은 서양 문학에 대한 식견을 바탕으로 문학적 감수성을 길렀으며, 문학의 사회적 공리성을 부정하면서 내용보다는 형식과 기교를 중요시했다. 문학을 내용이 아닌 표현으로 보았기 때문에 개성을 강조하게 되었고, 그 도구가 되는 언어에 깊은 관심을 가졌다.

> 내용에만 소설의 전부가 있는 것은 아니다. 교양 수준이 일률적으로 높아가는 현대에는 너무나 똑같은 사람들이 많다. 그래서 무엇에나 자기의 존재를 드러내려면 개성을 강작하지 않을 수 없게 되었고, 또 개성과 개성의 교체처럼 현대인의 생활 발전에 필요한 것은 없다. 소설 작가도 하도 많아졌다. 모두 똑같은 작가들이면 무의미하다. 자기 색채를 의식적으로 강조하는 작가가 자꾸 늘어가고 있고, 그들의 독특한 일가풍이 아닌 게 아니라 과거 소설에서 맛볼 수 없는 맛을 낸다.
>
> 〈소설의 맛〉에서

개성을 강조하는 것은 근본적으로 사회 집단과 이념을 중시하는 프로문학에 대한 반발을 뜻한다. 사회적 투쟁과 계급 의식을 강조하는 프로문학에서는 개성을 중시하지 않는다. 이와 달리 구인회 작가들은 소설의 맛이 내용이나 이념에만 있는 것이 아니라 작가의 독특한 개성과 표현력에 있다고 본 것이다.

성북동 시절

이태준은 1933년부터 월북하기 전인 1946년까지 성북동에 '수연산방'이라는 한옥을 짓고 살면서 많은 문학작품을 집필한다. 〈달밤〉, 〈돌다리〉, 〈코스모스 피는 정원〉, 〈황진이〉, 〈왕자 호동〉 등이 이때 지은 작품들이다. 이 시기에 그가 남긴 작품이나 성과들에는 그의 문학 세계가 가상 잘 드러나 있다.

〈달밤〉에 성북동의 모습이 잘 나타나 있다. 성북동은 성 밖에 있는 동네로, 산과 수풀과 시냇물이 있는 시골과 같은 곳으로 묘사된다. 또한 이 소설은 성북동에서 그가 직접 관찰하고 체험한 이야기를 바탕으로 하고 있다. 그의 스승인 이병기가 말했던 것처럼 '실지의 관찰과 개인의 경험'을 작품에 녹여낸 것이다. 이와 같이 이태준의 글 곳곳에는 '살아가는 이야기, 동네 사람들 이야기, 집안 이야기'가 담겨 있다.

아침마다 안마당에 올라가 칫솔에 치약을 묻혀 들고 돌아서면 으레 눈은 건너편 산마루에 끌리게 된다. 산마루에는 산봉우리 생긴

대로 울멍줄멍 성벽이 솟기도 하고 떨어지기도 하여 있다. 솟은 성벽은 아침이 첫 화살을 쏘는 과녁으로 성북동의 광명은 이 산상(山上)의 옛 성벽으로부터 퍼져 내려오는 것이다. 한참 쳐다보노라면 성벽에 드리운 소나무 그림자도, 성(城)돌 하나하나 사이도 빤히 드러난다. 내 칫솔은 내 이를 닦다가 성돌 틈을 닦다가 하는 착각에 더러 놀란다.

〈성〉에서

《무서록》이라는 수필집에 실린 수필 〈성〉에 나오는 내용이다. 이태준이 살고 있는 수연산방 앞에서는 서울 성곽이 빤히 보였을 것이다. 이런 표현은 살면서 동네를 잘 관찰한 결과가 고스란히 드러난 경우이다. 양치질을 하면서 바라보는 산봉우리와 성곽의 모습은 그의 삶의 한 모습이 된다. 자신의 이빨을 닦고 있는 것이 마치 성돌 틈을 닦고 있는 것처럼 느껴질 정도로 물아일체의 경지를 보여준다. 그만큼 이태준은 성북동에서의 삶에 깊이 침잠해 있었다고 할 수 있다.

스승
이병기와
월북

가람 이병기

김소월에게 김억이라는 스승이 있었던 것처럼 이태준에게는 이병기라는 스승이 있었다. 시조 시인 겸 국문학자인 이병기는 1891년 3월 5일 전라북도 익산에서 태어났다. 할아버지의 엄한 가르침과 사랑을 받으며 자연의 품에서 자랐는데, 여덟 살 때부터 서당을 드나들며 한학과 유학을 배웠다고 한다.

1909년 19세의 나이로 전주보통학교에 들어가 6개월 만에 졸업하고, 이어 한성사범학교에 들어가 공부한 뒤 1913년에 졸업한다. 이후 여러 학교에서 아이들을 가르치다가 1924년에 휘문고보에서 근무하게 된다.

이병기는 조선어를 보급하는 데도 많은 역할을 했다. 한글을 보급하기 위한 대중 강연도 하고, 국어와 관련된 논문도 꾸준히 썼으며, '조선어연구회'를 만들어 우리말과 글을 지키기 위해 노력했다. 아울러 국어사전 편찬 작업에도 참여했다.

또한 그는 시조에 관심이 많았는데, 특히 시조를 현대적으로 계승하고 재창조하는 방향으로 나아가야 한다고 했다. 이를 위해 여섯 가지의 방법을 제안했는데, 그 가운데 하나가 '실감 실정의 표현', 즉 '실제로 체험하고 실제로 느낀 것을 표현'하는 것이다.

이병기는 또 옛것을 즐기는 취향을 지닌 것으로도 유명하다. 난초나 매화를 즐겨 길렀는데, 꽃봉오리가 몇 개쯤 맺힐 무렵이면 사람들을 불러 술잔을 기울이는 멋스러운 사람이었다고 한다.

> 이 〈창〉은 나의 한 자서전이다. 나는 교편 생활 사십여 년에 친구도 좋아하고 화초도 좋아하고 책도 좋아하며, 나의 방 나의 창을 대하여서는 항상 매화가 창에 어른어른할 적이고 보면 나는 절로 춤도 추고 싶었다. 그러나 나는 술보다도 참선보다도 서권기나 기르고 이런 창 앞에서 고요히 사자는 것이다.
>
> **이병기, 《시조의 개설과 창작》에서**

〈창〉은 그가 지은 3수의 연시조인데, 그의 취향이 잘 나타나 있다. 그는 제한된 환경에서나마 이상을 한껏 펼치고 나름대로 만족하며 살았다. 이러한 취향은 그의 제자인 이태준에게도 많은 영향을 미쳤다. 이태준의 작품들이 서정적이고 낭만적이며 상고주의적 성향을 지닌 것은 이병기와의 교유 때문이라고 할 수 있다.

스승과 제자

이병기와 이태준의 첫 만남은 휘문고보에서이다. 이병기는 동광학교에 재직하다가 1924년 4월 5일 휘문고등보통학교로 부임했는데, 이때 정지용과 이태준이 휘문고보에 다니고 있었다.

이태준과 정지용은 문학에 관심이 많아 휘문고보 교지인 《휘문》 창간호(1923)에 글을 싣기도 했다. 그리고 이태준은 학예부장으로 활동하면서 《휘문》 2호(1924) 발간에 주도적으로 참여했다. 이때 이병기가 심사한 문예대회에서 이태준의 기행문 〈부여행〉이 1등을 차지해 《휘문》 2호에 실리게 되면서 이태준은 이병기와 운명적이면서도 특별한 관계를 맺게 된다.

이태준은 1929년에 잡지사인 '개벽사'에 입사해 《학생》, 《신생》 등의 잡지 편집에 관여했다. 그러면서 이 잡지들에 주로 글을 실었던 이병기, 이은상 등과 교유한다. 또 1939년 문예잡지인 《문장》을 발간할 당시에 이태준이 편집주간을 맡아서 시조 추천위원으로 이병기, 시 추천위원으로 정지용을 참여시킨다.

《문장》과 긴밀한 관계를 맺고 있던 문인들 가운데에서 그 잡지의 전통지향적 정신과 감각을 공유하고 있었던 사람들을 편의상 '문장파'라고 명명할 수 있다면 문장파의 핵심적 존재가 바로 그들이다. 이병기, 정지용, 이태준은 《문장》의 신인 선발의 권한이 그들에게 있었다는 사실이 가리키는 바 그대로, 《문장》이 지향하는 문학의 이상을 대변하는 위치에 있었으며, 자기들 나름대로 《문장》의 전통주의에 부합되는 문학의 전형을 만들어냈다.

황종연, 《한국문학의 근대와 반근대》에서

이병기는 이후로도 이태준과 난초나 고서 수집 등 취미를 나누며 친분을 유지한다. 이병기, 이태준, 정지용은 《문장》을 중심으로 우리 민족의 고전, 언어, 역사, 전통의 계승과 발전을 위해 노력하면서 순수문학을 지향했다.

이병기와 이태준이 특별한 교유를 나눈 것은 이병기의 《가람 문선》과 《가람 일기》를 통해서 확인할 수 있다. 이병기는 "이태준을 못 만났더라면 내가 하고자 한 일의 삼분의 일도 하지 못했을 것이다."라고 말했다. 이병기와 이태준은 스승과 제자의 관계를 넘어서 문학적 지향성에도 많은 영향을 주고받았다고 볼 수 있다.

이병기의 《가람 문선》과 《가람 일기》를 보면 1935년부터 1946년까지 이태준과의 만남에 대한 내용이 나온다. 1935년 2월 18일 일기에는 "구인회 주최 문예강연회에 정지용과 참석"이라고 쓰여 있다. 이태준이 주관하고 있는 '구인회'의 행사에 스승인 이병기가 제자인 정지용과 함께 참여했다는 점에서 문학적 동반자로서의 관계를 맺고 있음을 알 수 있다. 1937년 4월 21일 일기에는 "이태준 군이 소설 〈황진이〉를 보아달라고 가져왔다."라는 내용이 나오고, 5일 후 일기에는 "〈황진이〉를 다 읽었는데 미흡한 점이 많았다."라고 쓰여 있다. 이런 면에서 이태준은 여전히 이병기를 스승으로 삼고 작품에 대한 조언을 구하고 있었음을 알 수 있다.

이병기가 매화를 사랑하고 서권기(책을 많이 읽고 교양이 쌓여, 몸에서 풍기는 책의 기운)를 중시하는 예인적인 취향과 동양주의는 이태준에게도 많은 영향을 준다.

서화(書畵), 도자(陶磁)는 언제든지 먼지나 털면 고만이다. 하루만 돌보지 않아도 야속해하는 것이 난초다. 그리 귀품은 아니나 향기는 좋던 사란(絲蘭), 건란(建蘭), 십팔학사(十八學士) 등 세 화분을 3년이나 길러오다가 하룻저녁 방심으로 지난겨울에 모두 얼려버렸다. 물을 주고 볕을 쪼여주고 잎을 닦아주고 조석으로 시중들던 것이 없어지니 식구가 나간 것처럼 허전해 견딜 수 없다. 심동(深冬)인 채 화원마다 뒤지어 겨우 춘란, 건란 한 분씩을 얻었다. 그리고 가람 선생이 주문해 주신 사란도 수일 전에 한 분 왔다. 사란은 미풍에도 움직여주어 좋다.

〈난(蘭)〉에서

이병기는 우리 고유의 문학 장르인 시조를 혁신하여 현대시조로 발전시킨다. 그런 면에서 이병기는 전통문학의 기틀을 마련하는 데 큰 공헌을 한 시조 시인이며 한학자였다. 이병기에게 국어를 배운 이태준은 동양 고전을 보다 다양하게 접할 수 있게 되고,

동양문학에 대한 감수성을 키울 수 있었다. 이병기는 이태준에게 난초를 보내기도 하면서 상고주의(옛날의 문물이나 사상, 제도 따위를 귀하게 여겨 모범으로 삼는 주의)를 함께 누렸다. 이런 점에서 이태준은 매화와 난초를 사랑하는 스승의 마음과 고완(골동품)을 중시하는 마음도 본받지 않았을까?

이태준은 이병기와 교유하면서 동양적 정서와 가치에 더욱 감흥을 받았던 듯하다. 그가 가지고 있던 서양 문학에 대한 소양에 동양적인 정서가 가미되었다고 할 수 있다. 이태준의 전통주의적·동양적 세계관은 일제 말기로 갈수록 심화되었는데, 〈까마귀〉, 〈패강랭〉, 〈석양〉 등에서 이러한 경향을 엿볼 수 있다.

> 우리 집엔 웃어른이 아니 계시다. 나는 때로 거만스러워진다. 오직 하나 나보다 나이 더 높은 것은, 아버님께서 쓰시던 연적(硯滴)이 있을 뿐이다. 저것이 아버님께서 쓰시던 것이거니 하고 고요한 자리에서 쳐다보면 말로만 들은, 글씨를 좋아하셨다는 아버님의 풍의가 참먹 향기와 함께 자리에 풍기는 듯하다. 옷깃을 여미고 입정(入定)을 맛보는 것은 아버님이 손수 주시는 교훈이나 다름없다.
>
> 〈고완(古翫)〉에서

이태준의 고완 취미와 상고주의는 현실을 도외시하는 호사스러운 취미라는 비판을 받기도 한다. 하지만 그의 이러한 상고주의는 일제강점기에 일본에 의해 이루어진 파행적 근대화에 대한 비판에 기반한 민족의식의 한 형태라고 볼 수 있지 않을까?

사상의 전환과 월북

이태준은 광복 후 카프문학과는 거리를 두었던 이전까지와는 달리 '조선문학가동맹' 등 좌파 계열에서 활동하게 된다. 이태준은 문학에 대한 생각의 변화를 다음과 같이 말하고 있다.

> 나의 작품에 예술은 있고 사상은 없다는 것은 가장 쉽고 또 정확한 지적들이다. 그러나 이 작가는 이런 범위 내에서만 완성할 수 있다는 것은 속단이다. (중략) 나도 더 기다리기만 할 수는 없다. 이런 대로 인제부터는 할 수밖에 없다. 일 년에 단편 하나를 내더라도 정말 예술가 노릇을 시작해야겠다는 결심을 이번 반 칠십이란 나이를 헤며 새삼스럽게 먹는 것이다.
>
> 〈참다운 예술가 노릇 이제부터 시작할 결심이다〉에서

그는 스스로 자신의 작품 경향에 대한 비판을 받아들이면서 작가로서 그런 범주에만 머무를 수 없다는 자기반성과 각오를 드러내고 있다. 작품 속에 사상이 들어 있어야 진정한 예술가 노릇을 할 수 있다고 인식한 것이다.

이태준은 광복 후 좌익 계열의 문학 단체인 '조선문학건설본부'에 참여해 〈해방 전후〉라는 작품을 발표하고 '조선문학가동맹' 부위원장직을 맡기도 한다. 그러다 1946년에 월북한다.

이태준의 월북에 대해서는 여러 가지 설이 있지만 그가 선택한 삶은 결국 그의 성향과는 달랐고, 그가 생각한 이상을 추구하지도 못한 채 비극적인 삶으로 끝나게 된다. '실지의 관찰과 개인의 경험'을 작품에 녹여내고, 섬세하고 감각적이며 유려한 문체를 구사하던 그의 문학 세계는 이념을 추구하는 북한에서 자리를 붙일 수 없었을 것이다.

이태준의 월북에 대한 논란

이태준이 월북한 것은 정말 작가적 양심에 따라 이루어진 것일까? 사실 그가 직접 월북하게 된 이유에 대해서 밝히고 있지 않기 때문에 어떻다고 말하기는 어렵다. 그의 월북에 대해서는 아직도 비판론과 동정론이 혼재해 있다. 그리고 그가 월북한 과정을 살펴보면 명확하게 말하기 어려운 의문점들이 생긴다.

이태준은 이병기와 스승과 제자뿐만 아니라 문학적 동반자로서 매우 긴밀하게 교유하고 있었다. 이병기가 쓴 《가람 일기》에는 이태준이 월북하기 얼마 전인 1946년 2월 19일에 이태준이 찾아와서 《문장》을 다시 출간하는 것과 중요한 문헌을 출판하기로 의논

했다는 내용이 나온다. 이태준은 남한에서 활동했던 마지막 순간까지 이병기와 함께 우리 문학을 이끌어 나가기 위해 애를 썼음을 알 수 있다. 여기에서 이태준의 월북에 대한 의문점이 생긴다. 만약 이태준의 마음속에 월북할 생각이 있었다면 일제강점기에 폐간된 순수문학을 지향하던 《문장》을 재간하는 것과 책을 출판하는 일과 같은 단시일에 이루어질 수 없는 일을 의논하는 것이 이상하지 않은가?

이태준은 1946년 7월 하순 무렵에 월북하는데, 그가 월북을 결정한 것은 오래 계획해서 실천한 것이라기보다 상황에 이끌려 급작스럽게 이루어진 것이 아닐까 싶다. 그 이유는 다음과 같다.

첫째, 그가 월북한 것에 대해서 모든 사람이 의아하게 여긴다는 점이다. 아무도 그가 월북할 것이라고 생각하지 않았다.

둘째, 그가 월북하는 과정이 시기적으로 매우 짧았다는 것이다. 그가 좌익 사상에 물들어 월북한 것이라면 이미 그의 발언이나 작품에 그런 경향이 나타났어야 한다. 그러나 앞서 말했듯 이병기와 논의한 내용들을 볼 때 그렇지는 않은 듯하다.

셋째, 월북한 뒤에 그의 행적을 통해서 짐작해 볼 수 있다. 이태준은 월북 초기에는 동료들의 추천으로 대우를 받지만 얼마 안 가서 숙청을 당하게 된다. 그의 서정적이고 낭만적인 문학관은 투철한 이념과 계급적 투쟁을 강요하는 북의 성향과 맞지 않았기 때문이다.

02

이태준 작품 읽기

달밤

까마귀

복덕방

돌다리

달 밤

까 마 귀

복 덕 방

돌 다 리

달밤

성북동으로 이사 나와서 한 대엿새 되었을까. 그날 밤, 나는 보던 신문을 머리맡에 밀어 던지고 누워 새삼스럽게 "여기도 정말 시골이로군!" 하였다.

무어• 바깥이 컴컴한 걸 처음 보고 시냇물 소리와 쏴— 하는 솔바람 소리를 처음 들어서가 아니라, '황수건'이라는 사람을 이날 저녁에 처음 보았기 때문이다.

그는 말 몇 마디 사귀지 않아서 곧 못난이란 것이 드러났다. 이 못난이는 성북동의 산들보다, 물들보다, 조그만 지름길들보다 더 나에게 성북동이 시골이란 느낌을 풍겨주었다.

서울이라고 못난이가 없을 테야 없겠지만 대처•에서는 못난이들이 거리에 나와 행세•를 하지 못하고, 시골에선 아무리 못난이라도 마음 놓고 나와 다니는 때문인지, 못난이는 시골에만 있는

• 무어 사실을 이야기할 때, 상대의 생각을 가볍게 반박하거나 새롭게 일깨워주는 뜻으로 쓰는 말.
• 대처 사람이 많이 살고 상공업이 발달한 번잡한 지역.
• 행세 세상에서 사람의 도리를 행함. 또는 그런 태도.

것처럼 흔히 시골에서 잘 눈에 뜨인다. 그리고 또 흔히 그는 태고• 때 사람처럼 그 우둔하면서도 천진스러운 눈을 가지고 자기 동리에 처음 들어서는 객에게 가장 순박한 시골의 정취를 돋워주는 것이다.

그런데 그날 밤 황수건이는 열 시나 되어서 우리 집을 찾아왔다.

그는 어두운 마당에서 꽥 지르는 소리로,

"아, 이 댁이 문안•서……."

하면서 들어섰다. 잡담 제하고 큰일이나 난 사람처럼 건넌방 문 앞으로 달려들더니,

"저, 저— 문안 서대문 거리라나요 어디선가 나오신 댁입쇼?"

한다.

보니 합비•는 안 입었으되 신문을 들고 온 것이 신문 배달부다.

"그렇소. 신문이오?"

"아— 그런 걸 사흘이나 저, 저— 건너 쪽에만 가 찾었습죠. 제—기……."

하더니 신문을 방에 들어뜨리며,

"그런뎁쇼, 왜 이렇게 죄꼬만 집을 사구 와겝쇼. 아, 내가 알었더면 이 아래 큰 개와집도 많은 걸입쇼……."

• 태고 아득한 옛날.
• 문안 사대문 안.
• 합비 '상호가 찍힌 옷'을 뜻하는 일본어.

한다. 하 말이 황당스러워 유심히 그의 생김을 내다보니 첫눈에 두드러지는 것이 빡빡 깎은 머리로되, 보통 크다는 정도 이상으로 골이 크다. 그런 데다 옆으로 보니 짱구대가리다.

"그렇소? 아무튼 집 찾노라고 수고했소."

하니, 그는 큰 눈과 큰 입이 히죽거리며,

"뭘입쇼. 이게 제 업인뎁쇼."

하고 날래 물러서지 않고 목을 길게 빼어 방 안을 살핀다. 그러더니 묻지도 않는데,

"저는입쇼, 이 동네 사는 황수건이라 합니다."

하고 인사를 붙인다. 나도 정렴하게 내 이름을 대었다. 그는 또 싱글벙글하면서,

"댁엔 개가 없구먼입쇼."

한다.

"아직 없소."

하니,

"개 그까짓 거 두지 마십쇼."

한다.

"왜 그렇소?"

- 하 아주, 몹시.
- 날래 빨리.
- 정렴하다 마음이 곧고 깨끗하다.

묻으니 그는 얼른 대답하는 말이,

"신문 보는 집엔입쇼, 개를 두지 말아야 합니다."

한다. '이것 재미있는 말이다.' 하고 나는,

"왜 그렇소?"

하고 또 물었다.

"아, 이 뒷동네 은행소•에 댕기는 집엔입쇼, 망아지만 한 개가 있는뎁쇼…… 아, 신문을 배달할 수가 있어얍죠."

"왜?"

"막 깨물랴고 덤비는걸입쇼."

한다. 말 같지 않아서 나는 웃기만 하니, 그는 더욱 신을 낸다.

"그눔의 개. 그저, 한번, 양떡을 멕여대야• 할 텐데."

하면서 주먹을 부르대는데,• 보니 손과 팔목은 머리에 비기어 반비례로 작고 가느다랗다.

"어서, 곤할 텐데 가 자시오."

하니, 그는 마지못해 물러서며,

"선생님, 참 이 선생님, 편안히 주뭅쇼. 저희 집은 여기서 얼마 안 되는 걸입쇼."

하더니 돌아갔다.

• **은행소** 예전에 '은행'을 이르던 말.
• **양떡을 먹이다** 두 빰을 때리다.
• **부르대다** 남을 나무라듯이 거친 말로 야단스럽게 떠들어대다.

그는 이튿날 저녁, 집을 알고 오는 데도 아홉 시가 지나서야,

"신문 배달해 왔습니다."

하고 소리를 치며 들어섰다.

"오늘은 왜 늦었소?"

물으니,

"자연 그렇죠."

하고 다른 이야기를 꺼냈다.

자기는 워낙 이 아래 있는 삼산학교에서 일을 보다 어떤 선생하고 뜻이 덜 맞아 나왔다는 것, 지금은 신문 배달을 하나 원배달이 아니라 보조 배달이라는 것, 저희 집엔 양친과 형님 내외와 조카 하나와 저희 내외까지 식구가 일곱이란 것, 저희 아버지와 저희 형님의 이름은 무엇 무엇이며, 자기 이름은 황가인 데다가 목숨 수(壽) 자하고 세울 건(建) 자로 황수건이기 때문에 아이들이 '노랑 수건'이라고 놀리어서 성북동에서는 가가호호에서 노랑 수건 하면 다 자긴 줄 알리라고 자랑스럽게 이야기하다가 이날도,

"어서 그만 다른 집에도 신문을 갖다 줘야 하지 않소?"

하니까 그때서야 마지못해 나갔다.

우리 집에서는 '그까짓 반편•과 무얼 대꾸를 해가지고 그러느

• 워낙 본디부터.
• 반편 지능이 보통 사람보다 모자라는 사람을 낮잡아 이르는 말.

냐.' 하되, 나는 그와 지껄이기가 좋았다.

그는 아무것도 아닌 것을 가지고 열심스럽게 이야기하는 것이 좋았고, 그와는 아무리 오래 지껄이어도 힘이 들지 않고 또 웃음밖에는 남는 것이 없어 기분이 거뜬해지는 것도 좋았다. 그래서 나는 무슨 일을 하는 중만 아니면 한참씩 그의 말을 받아주었다.

어떤 날은 서로 말이 막히기도 했다. 대답이 막히는 것이 아니라 무슨 말을 해야 할까 하고 막히었다. 그러나 그는 늘 나보다 빠르게 이야깃거리를 잘 찾아냈다. 오뉴월인데도 '꿩고기를 잘 먹느냐'고도 묻고, '소와 말과 싸움을 붙이면 어느 것이 이기겠느냐'는 등 아무튼 그가 얘깃거리를 취재하는 방면은 기상천외로 여간 범위가 넓지 않은 데는 도저히 당할 수가 없었다. 하루는 나는 '평생소원이 무엇이냐'고 그에게 물어보았다. 그는 그까짓 것쯤 얼른 대답하기는 누워서 떡 먹기라고 하면서 평생소원은 자기도 원배달이 한번 되었으면 좋겠다는 것이었다.

남이 혼자 배달하기 힘들어서 한 20부 떼어 주는 것을 배달하고, 월급이라고 원배달에게서 한 3원 받는 터이라, 월급 이십여 원을 받고 신문사 옷을 입고 방울을 차고 다니는 원배달이 제일 부럽노라 하였다. 그리고 방울만 차면 자기도 뛰어다니며 빨리 돌 뿐 아니라 그 은행소에 다니는 집 개도 조금도 무서울 것이 없겠노라 하였다.

그래서 나는 '그럴 것 없이 아주 신문사 사장쯤 되었으면 원배달도 바랄 것 없고 그 은행소에 다니는 집 개도 상관할 바 없지 않겠느냐' 한즉, 그는 뚱그레지는 눈알을 한참 굴리며 생각하더니, 딴은 그렇겠다고 하면서 자기는 경난이 없어 거기까지는 바랄 생각도 못 하였다고 무릎을 치듯 가슴을 쳤다.

그러나 신문 사장은 이내 잊어버리고 원배달만 마음에 박혔던 듯, 하루는 바깥마당에서부터 무어라고 떠들어대며 들어왔다.

"이 선생님! 이 선생님 곕쇼? 아, 저도 내일부턴 원배달이올시다. 오늘 밤만 자면입쇼."

한다. 자세히 물어보니 성북동이 따로 한 구역이 되었는데, 자기가 맡게 되었으니까 내일은 배달복을 입고 방울을 막 떨렁거리면서 올 테니 보라고 한다. 그리고 사람이란 게 그리게 무어든지 끝을 바라고 붙들어야 한다고 나에게 일러주면서 신이 나서 돌아갔다.

우리도 그가 원배달이 된 것이 좋은 친구가 큰 출세나 하는 것처럼 마음속으로 실로 즐거웠다. 어서 내일 저녁에 그가 배달복을 입고 방울을 차고 와서 쭐럭거리는 것을 보리라 하였다.

그러나 이튿날 그는 오지 않았다. 밤이 늦도록 신문도 그도 오지 않았다. 그다음 날도 신문도 그도 오지 않다가 사흘째 되는 날에야, 이날은 해도 지기 전인데 방울 소리가 요란스럽게 우리 집

• **경난** 어려운 일을 겪음. '경난이 없어'는 '경험이 없어' 정도의 뜻.
• **쭐럭거리다** '우쭐거리다' 정도의 의미인 듯함.

으로 뛰어들었다. '어디 보자!' 하고 나는 방에서 뛰어나갔다.

그러나 웬일일까. 정말 배달복에 방울을 차고 신문을 들고 들어서는 사람은 황수건이가 아니라 처음 보는 사람이다.

"왜 전엣사람은 어디 가고 당신이오?"

물으니 그는,

"제가 성북동을 맡았습니다."

한다.

"그럼, 전엣사람은 어디를 맡았소?"

하니, 그는 픽 웃으며,

"그까짓 반편을 어딜 맡깁니까? 배달부로 쓸랴다가 똑똑치가 못하니까 안 쓰고 말었나 봅니다."

한다.

"그럼 보조 배달도 떨어졌소?"

하니,

"그럼요, 여기가 따로 한 구역이 된 걸이오."

하면서 방울을 울리며 나갔다.

이렇게 되었으니 황수건이가 우리 집에 올 길은 없어지고 말았다. 나도 가끔 문안엔 다니지만 그의 집은 내가 다니는 길옆은 아닌 듯 길가에서도 잘 보이지 않았다.

나는 가까운 친구를 먼 곳에 보낸 것처럼, 아니 친구가 큰 사업

에나 실패하는 것을 보는 것처럼, 못 만나는 섭섭뿐이 아니라 마음이 아프기도 하였다. 그 당자와 함께 세상의 야박함이 원망스럽기도 하였다.

한데 황수건은 그의 말대로 '노랑 수건'이라면 온 동네에서 유명은 하였다. 노랑 수건 하면 누구나 성북동에서 오래 산 사람이면 먼저 웃고 대답하는 것을 나는 차츰 알았다.

내가 잠깐씩 며칠 보기에도 그랬거니와 그에겐 우스운 일화도 한두 가지가 아니었다.

삼산학교에 급사로 있을 시대에 삼산학교에다 남겨놓고 나온 일화도 여러 가지라는데, 그중에 두어 가지를 동네 사람들의 말대로 옮겨보면, 역시 그때부터도 이야기하기를 대단 즐기어 선생들이 교실에 들어간 새 손님이 오면 으레 손님을 앉히고는 자기도 걸상을 갖다 떡 마주 놓고 앉는 것은 물론, 마주 앉아서는 곧 자기류의 만담• 삼매•로 빠지는 것인데, 한번은 도(道) 학무국•에서 시학관•이 나온 것을 이따위로 대접하였다. 일본말을 못하니까 만담은 할 수 없고 마주 앉아서 자꾸 일본말을 연습하였다.

"센세이, 히, 오하요 고자이마쓰…… 히히. 아메가 후리마쓰.

- 만담 재미있고 익살스럽게 세상이나 인정을 비판 · 풍자하는 이야기.
- 삼매 잡념을 떠나서 오직 하나의 대상에만 정신을 집중하는 경지.
- 학무국 각 학교와 외국 유학생에 관한 일을 맡아보던 관청.
- 시학관 학무국에 속해 관할 구역 안의 교육기관을 시찰하던 관리.

유끼가 후리마쓰까. 히히." (선생님, 히, 안녕하십니까… 히히. 비가 옵니까. 눈이 옵니까. 히히.)

시학관도 인정이라 처음엔 웃었다. 그러나 열 번 스무 번을 되풀이하는 데는 성이 나고 말았다. 선생들은 아무리 기다려도 종소리가 나지 않으니까, 한 선생이 나와 보니 종 칠 것도 잊어버리고 손님과 마주 앉아서 '오하요. 유끼가 후리마쓰까' 하는 판이다.

그날 수건이는 선생들에게 단단히 몰리고 다시는 안 그러겠노라고 했으나, 그 버릇을 고치지 못해서 그예 쫓겨나오고 만 것이다.

그는 '너의 색시 달아난다.' 하는 말을 제일 무서워했다 한다. 한번은 어느 선생이 장난엣말로 '요즘 같은 따뜻한 봄날엔 옛날부터 색시들이 달아나기를 좋아하는데, 어제도 저 아랫말에서 둘이나 달아났다니까, 오늘은 이 동리에서 반드시 달아나는 색시가 있으리라.' 했더니, 수건이는 점심을 먹다 말고 눈이 휘둥그레졌다 한다. 그리고 그날 오후에는 어서 바삐 하학•을 시키고 집으로 갈 양으로 50분 만에 치는 종을 20분 만에, 30분 만에 함부로 당겨서 쳤다는 이야기도 있다.

하루는 나는 거의 그를 잊어버리고 있을 때,

"이 선생님 계십쇼?"

• 하학 학교에서 그날의 수업을 마침.

하고 수건이가 찾아왔다. 반가웠다.

"선생님, 요즘 신문이 거르지 않고 잘 옵죠?"

하고 그는 배달 감독이나 되어 온 듯이 묻는다.

"잘 오. 왜 그류?"

한즉 또,

"늦지도 않굽쇼? 일즉이 제때마다 꼭꼭 옵죠?"

한다.

"당신이 돌릴 때보다 세 시간은 일즉이 오고 날마다 꼭꼭 잘 오."

하니, 그는 머리를 벅적벅적 긁으면서,

"하루라도 거르기만 해라. 신문사에 가서 대뜸 일러바치지."

하고 그 빈약한 주먹을 부르댄다.

"그런뎁쇼, 선생님?"

"왜 그류?"

"삼산학교에 말씀에요. 그 제 대신 들어온 급사•가 저보다 근력이 세게 생겼습죠?"

"나는 그 사람을 보지 못해서 모르겠소."

하니, 그는 은근한 말소리로 히죽거리며,

"제가 거길 또 들어가 볼라굽쇼, 운동을 합죠."

• 급사 관청이나 회사, 가게 따위에서 잔심부름을 시키기 위해 부리는 사람.

한다.

"어떻게 운동을 하오?"

"그까짓 거 날마다 사무실로 갑죠. 다시 써달라고 졸라댑죠. 아 그랬더니 새 급사란 녀석이 저보다 크기도 무척 큰뎁쇼, 이 녀석이 막 불근댑니다그려*. 그래 한번 쌈을 해야 할 텐뎁쇼, 그 녀석이 근력이 얼마나 센지 알아야 뎀벼들 텐뎁쇼. 허……."

"그렇지. 멋모르고 대들었다 매만 맞지."

하니, 그는 한 걸음 다가서며 또 은근한 말을 한다.

"그래섭쇼, 엊저녁엔 큰 돌멩이 하나를 굴려다 삼산학교 대문에다 놨습죠. 그리구 오늘 아침에 가보니깐 없어졌는뎁쇼. 이 녀석이 나처럼 억지루 굴려다 버렸는지, 뻔쩍 들어다 버렸는지 그만 못 봤거든입쇼. 제—길."

하고 머리를 긁는다. 그러더니 갑자기 무얼 생각한 듯 손뼉을 탁 치더니,

"그런뎁쇼, 제가 온 건입쇼…… 댁에선 우두*를 넣지 마시라구 왔습죠."

한다.

"우두를 왜 넣지 말란 말이오?"

한즉,

* 불근대다 불끈대다. 흥분하여 자꾸 성을 월컥 내다.
* 우두 천연두를 예방하기 위해 소에서 뽑은 면역 물질.

"요즘 마마•가 다닌다굽쇼, 모두 우두들을 넣는뎁쇼, 우두를 넣으면 사람이 근력이 없어지는 법인뎁쇼."

하고 자기 팔을 걷어 올려 우두 자리를 보이면서,

"이걸 봅쇼. 저두 우두를 이렇게 넣기 때문엡쇼 근력이 줄었습죠."

한다.

"우두를 넣으면 근력이 준다고 누가 그럽디까?"

물으니 그는 싱글거리며,

"아, 제가 생각해 냈습죠."

한다.

"왜 그렇소?"

하고 캐니,

"우두는 ○○○•들이 조선 사람 힘 못 쓰라고 넣어놓은 것인뎁쇼 뭘. 저 아래 윤금보라고 있는뎁쇼, 기운이 장산뎁쇼, 아 삼산학교 그 녀석두 우두만 넣었다면 그까짓 것 무서울 것 없는뎁쇼. 그걸 모르겠거든입쇼."

한다. 나는,

"그렇게 용한• 생각을 하고 일러주러 왔으니 아주 고맙소."

• 마마 천연두. 천연두 바이러스가 일으키는 급성 전염병의 하나.
• ○○○ 원문에 이렇게 공란으로 되어 있는데, '일본놈'일 듯함.
• 용하다 기특하고 장하다.

하였다. 그는 좋아서 벙긋거리며 머리를 긁었다.

"그래, 삼산학교에 다시 들기만 기다리고 있소?"

물으니 그는,

"돈만 있으면 그까짓 거 누가 고쓰까이• 노릇을 합쇼. 밑천만 있으면 삼산학교 앞에 가서 뻐젓이 장사를 할 텐뎁쇼."

한다.

"무슨 장사?"

"아, 방학 될 때까지 차미• 장사도 하굽쇼, 가을부턴 군밤 장사, 왜떡• 장사, 습자지·도화지 장사 막 합죠. 삼산학교 학생들이 저를 어떻게 좋아하겝쇼."

한다.

나는 그날 그에게 돈 3원을 주었다. 그의 말대로 삼산학교 앞에 가서 뻐젓이 참외 장사라도 해보라고. 그리고 돈은 남지 못하면 돌려오지 않아도 좋다 하였다.

그는 3원 돈에 덩실덩실 춤을 추다시피 뛰어나갔다. 그리고 그 이튿날, '선생님 잡수시라굽쇼.' 하고 나 없는 때 참외 세 개를 갖다 두고 갔다.

• **고쓰까이** '소사'를 가리키는 일본어. '급사, 잔심부름꾼'을 뜻함.
• **차미** 참외.
• **왜떡** 밀가루나 쌀가루를 반죽하여 얇게 늘여서 구운 과자.

그러고는 온 여름 동안 그는 우리 집에 얼른하지• 않았다.

들으니 참외 장사를 해보긴 했는데 이내 장마가 들어 밑천만 까먹고……. 그까짓 것보다 한 가지 놀라운 소식은 그의 아내가 달아났단 것이다. 저희끼리 금슬은 괜찮았건만 동세•가 못 견디게 굴어 달아난 것이라 한다. 남편만 남 같으면• 따로 살림 나는 날이나 기다리고 살 것이나, 평생 동세 밑에 살아야 할 신세를 생각하고 달아난 것이라 한다.

그런데 며칠 전이었다. 밤인데 달포• 만에 수건이가 우리 집을 찾아왔다. 웬 포도를 큰 것으로 대여섯 송이를 종이에다 싸지도 않고 맨손에 들고 들어왔다. 그는 벙긋거리며 첫 마디로,

"선생님 잡수라고 사 왔습죠."

하는 때였다. 웬 사람 하나가 날쌔게 그의 뒤를 따라 들더니 다짜고짜로 수건이의 멱살을 움켜쥐고 끌고 나간다. 수건이는 그 우둔한 얼굴이 새하얗게 질리며 꼼짝 못 하고 끌려나갔다.

나는 수건이가 포도원에서 훔쳐 온 것을 직각하였다.• 쫓아나가 매를 말리고 포도 값을 물어주었다. 포도 값을 물어주고 보니 수건이는 어느 틈에 가고 없었다.

- 얼른하다 얼씬하다. 잠깐 나타났다 사라지다.
- 동세 동서. 남편의 형이나 남동생의 아내.
- 남 같으면 남들처럼 정상적인 사람이라면.
- 달포 한 달이 조금 넘는 기간.
- 직각하다 보거나 듣는 즉시 곧바로 깨닫다.

나는 그 다섯 송이의 포도를 탁자 위에 얹어놓고 오래 바라보며 아껴 먹었다. 그의 은근한 순정을 먹듯 한 알을 가지고도 오래 입안에 굴려보며 먹었다.

어제다. 문안에 들어갔다 늦어서 나오는데 불빛 없는 성북동 길 위에는 밝은 달빛이 깁*을 깐 듯하였다.

그런데 포도원께를 올라오노라니까 누가 맑지도 못한 목청으로 '사~게~와 나~미다까 다메이~끼~까……(술은 눈물인가 한숨인가)'를 부르며 큰 길이 좁다는 듯이 휘적거리며 내려왔다. 보니까 수건이 같았다. 나는 '수건인가?' 하고 아는 체하려다 그가 나를 보면 무안해할 일이 있는 것을 생각하고 획 길 아래로 내려서 나무 그늘에 몸을 감추었다.

그는 길은 보지도 않고 달만 쳐다보며, 노래는 이 이상은 외지도 못하는 듯 첫 줄 한 줄만 되풀이하면서 전에는 본 적이 없었는데 담대를 다 퍽퍽 빨면서 지나갔다.

달밤은 그에게도 유감한* 듯하였다.

《중앙》 1933년 11월호에 실린 글을 바탕으로 함.

* **깁** 명주실로 짠 비단.
* **유감하다** 느끼는 바가 있다. 어떤 감정이 생겨나다.

작품 이해하기

이 소설은 1933년 11월 《중앙》에 발표된 단편소설이다. 지식인인 '이 선생'의 눈으로 바라본 '황수건'에 대한 이야기를 담고 있다. 황수건은 우둔하지만 천진한 품성을 지닌 인물로 야박한 세상사에 부딪혀 좌절을 겪는 모습을 보여준다. 이를 통해 사회에서 소외된 인물에 대한 연민을 드러내고 있다.

황수건은 사람들에게 '노랑 수건'이라는 별명으로 불리며, 동네에서 모르는 사람이 없을 정도로 유명하다. 사람들은 그를 '반편'이라고 하지만, 그는 이야기하는 것을 매우 좋아하는 인정 있고 천진한 사람이다. 지식인인 '나'는 이런 인물과 이야기하면서 재미와 정을 느낀다.

황수건은 학교 급사, 신문 보조 배달원, 참외 장사 등의 일을 하지만 계속해서 좌절하거나 실패를 겪게 된다. 학교 급사는 종을 치거나 허드렛일을 해야 하는데, 그는 이야기하는 것을 워낙 좋아해 손님들이 찾아올 때면 자신이 나서서 대접하곤 했다. 그러다 도 학무국의 시학관이 왔을 때 우스갯소리를 하면서 대접한 일, 자기 색시가 달아날지 모른다는 생각에 종을 자기 마음대로 친 일 때문에 학교에서 쫓겨나게 된다. 하지만 그는 다시 학교 일을 하고 싶어서, 새로 들어온 급사의 근력이 얼마나 센지 시험한다고 큰 돌멩이를 삼산학교에 굴려다 놓기도 한다.

황수건은 급사에서 쫓겨난 뒤에 정식 배달원도 아닌 신문 보조 배달원을 하게 된다. 그러면서 원배달이 되기를 소망하지만 이것도 마음대로 되지 않는다. 황수건은 '나'를 찾아가 하소연하고, '나'는 참외 장사라도 해보라며 돈 3원을 건네준다. 하지만 참외 장사도 장마가 들어 밑천을 다 까먹어 버리고 만다.

이 소설은 사회에 적응하지 못하는 인물을 다루고 있지만 비극적이거나 절망적인 분위기로 흐르지 않는다. 어수룩한 황수건의 우스꽝스러운 행동들이 웃음을 자아낼 뿐 아니라, 서술자인 '나'가 황수건에 대해 애정 어린 시선을 보냄으로써 황수건의 천진하고 순박한 성격을 두드러지게 하고 있기 때문이다.

이태준은 부족하지만 순진한 삶을 살아가는 소외된 인물들 또한 소중한 삶을 살아가는 인간이라는 점을 강조한 작품을 여럿 썼다. 이러한 작가의 태도에 대해 일제강점기의 현실적 모순 속에서 현실을 직시하지 못하고 지식인의 동정심이나 감상적 허위의식을 드러내는 것일 뿐이라는 비판을 받기도 한다. 하지만 작품 속에 등장하는 인물들은 단순히 동정의 대상이라기보다는 작가가 그들과 정서적 일체감을 느끼고 있다는 점에서 허위의식을 뛰어넘는다고 할 수 있다.

작품 깊이읽기

'노랑 수건'이라고 불리는 황수건

황수건은 이름 때문에 별명이 '노랑 수건'이다. '목숨 수', '세울 건'이라는 좋은 뜻을 가진 이름이지만, 사람들은 그런 뜻보다는 그냥 땀 닦는 '수건' 정도로 그 이름의 가치를 낮추어 부르고 있다. 또 사람들은 그를 '못난이', '반편'으로 인식한다. 외모가 못났고 하는 짓이 모자라기 때문이다.

사람들은 이렇듯 황수건을 모자란 사람으로 얕잡아 보지만 '나'는 황수건을 따뜻한 마음과 연민을 가지고 바라본다. 그래서 '나'는 황수건이 겪는 좌절에 마음 아파하기도 하고, 황수건을 좌절하게 만드는 세상의 야박함을 원망하기도 한다.

황수건은 왜 원배달이 되고 싶었을까?

학교 급사에서 쫓겨난 뒤에 신문 보조 배달을 하고 있는 황수건은 배달복을 입고 방울을 차고 다니는 원배달이 가장 부럽다고 한다.

'나'는 황수건의 평생소원이 원배달이 되는 것이라고 하자, 차라리 신문 배달 사장이 되는 것이 어떻겠냐고 한다. 이에 황수건은 그건 경험이 없어 생각도 해본 적 없다고 답한다. 그는 자기가 그나마 잘할 수 있는 것은 신문 배달이기에, 사장보다는 원배달이 되는 것이 가장 좋은 일이라고 여기는 것이다. 어쨌든 원배달이 되면 돈도 훨씬 많이 받고 안정적으로 살아갈 수 있으니까.

황수건의 바람은 이루어질 뻔했으나 세상은 그에게 호락호락하지 않았다. 그의 소박한 바람은 냉정한 현실 앞에 허물어졌다. 가끔 늦기도 했지만 누구보다 성실하게 신문 배달을 했던 황수건은 '반편'이라는 세상의 잣대를 넘어설 수 없었던 것이다.

황수건이 무서워하는 것

황수건이 삼산학교에서 쫓겨나게 된 원인 가운데 하나는, '아내가 달아날지도 모른다'는 불안감 때문이었다. 어느 선생이 장난삼아 한 말을 듣고 마음이 급해진 황수건은 서둘러 집에 가기 위해서 수업 마치는 종을 제멋대로 일찍 쳐버린 것이다.

왜 황수건은 '색시 달아난다'는 말을 가장 무서워할까? 황수건에게는 아내가 가장 소중한 존재이기 때문일 것이다. 둘이 사이가 좋았다는 말로 미루어보면, 황수건에 대한 세상 사람들의 인식이나 대우와는 달리 아내는 황수건을 아끼고 사랑했을 것이다. 못난이, 반편, 바보…… 이런 세상의 냉대와 편견 속에서 살아가는 황수건의 삶 가운데 그래도 하나의 위안이 있다면 바로 아내가 아닐까. 그런 존재가 없어진다는 것은 세상을 살아갈 힘이 사라지는 것이고, 진정한 내 편이 없어지는 것이다.

하지만 결국 아내는 달아나 버렸다. 황수건 때문이 아니라 동서의 괴롭힘을 견디기가 어려워서. 가족마저 황수건의 삶을 고달프게 한다. 이제 그는 누구를 의지하고 어떻게 살아가야 할까? 술과 한숨과 눈물과 담배…… 그의 삶이 점점 허물어져 가고 있는 것만 같다.

왜 제목이 '달밤'일까?

'달밤'은 작품의 마지막 부분에 한 번 등장한다. '나'는 달밤에 담배를 피우며 서툴게 노래를 부르는 황수건을 목격한다. 온갖 일에 실패하고 아내마저 도망간 황수건의 심정은 앞이 보이지 않는 깜깜한 밤과 같았을 것이다. 이런 황수건은 밝은 달을 바라보며 걷는다.

밝게 빛나는 '달밤'은 황수건이 처한 불우한 상황, 거듭된 좌절과 실패를 경험한 서글프고도 울적한 심정을 달래듯 평화롭고 서정적인 분위기를 연출한다. 암울한 시대 상황, 개인적인 장애, 사회적 소외, 거듭된 실패, 믿고 의지할 사람의 부재……. 황수건은 마치 불행한 삶의 집합체 같다. 하지만 그는 길을 보고 걷지 않고 달을 보며 걷는다. 힘들고 고달픈 현실에서 눈을 들어, 희미하나마 빛을 바라보려는 것이다.

일제강점기, 누구나 사는 게 고달프고 힘들었으리라. 하지만 그런 현실을 '깜깜한 밤'으로 인식하느냐 '희미하나마 빛이 비치는 달밤'으로 인식하느냐에 따라 삶의 태도는 전혀 달라질 것이다. 작가는 당시 사람들에게 '달밤'을 선물하고 싶었던 것이 아닐까. 빛과 희망이 있어야 오늘을, 그리고 내일을 살아갈 힘이 생길 테니까.

까마귀

까마귀

"호—"

새로 사 온 것이라 등피•에서는 아직 석유 내도 나지 않았다. 닦을 것도 별로 없지만 전에 하던 버릇으로 그렇게 입김부터 불어 가지고 어스름해진 하늘에 비춰보았다. 등피는 과민하게도 대뜸 뽀—얗게 흐려지고 말았다.

"날이 꽤 차졌군……."

그는 등피를 닦으면서 아직 눈에 익지 않은 정원을 둘러보았다. 이끼 앉은 돌층계 밑에는 발이 묻히게 낙엽이 쌓여 있고, 상나무 전나무 같은 상록수를 빼어놓고는 단풍나무까지 이미 반 넘어 이울어서• 어떤 나무는 잎이라고 하나도 없이 설멍하게• 서 있다. '무장해제를 당한 포로들처럼' 하는 생각을 하면서 그런 쓸쓸한 나무들이 이 구석 저 구석에 묵묵히 섰는 것을 그는 등피를 다 닦

• **등피** 등잔불에 씌우는 유리로 만든 물건. 바람을 막아 등불이 꺼지지 않게 하며, 불빛을 더 밝게 한다.
• **이울다** 꽃이나 잎이 시들다.
• **설멍하다** 사전에 나온 뜻은 문맥에 맞지 않음. '썰렁하다 있어야 할 것이 없어 어딘가 빈 듯한 느낌이 있다.'의 뜻으로 쓴 듯함.

고도 다시 한참이나 바라보다가야 자기 방으로 정한 바깥채 작은 사랑으로 올라갔다.

여기는 그의 어느 친구네 별장이다. 늘 괴벽한• 문체(文體)를 고집하여서 독자를 널리 갖지 못하는 그는, 한 달에 20원 남짓하면 독방을 차지할 수 있는 학생층의 하숙 생활조차 뜻대로 되지 않았다. 궁여의 일책•으로 이렇게 임시로나마 겨우내 그냥 비워두는 친구네 별장 방 하나를 빌린 것이다. 내년 칠월까지는 어느 방이든지 마음대로 쓰라고 해서 정자지기•가 방마다 문을 열어 보이는 대로 구경하였으나 모두 여름에나 좋은 북향들이라 너무 음습하고 너무 넓고 문들이 많아서 결국은 바깥채로 나와, 상노•들이나 자는 방이라는 작은사랑을 치우게 한 것이다.

상노들이나 자는 방이라 하나 별장 전체를 그리 손색• 있게 하는 방은 아니었다. 동향이어서 여름에는 늦잠을 자지 못할 것이 흠일까, 겨울에는 어느 방보다 밝고 따뜻할 수 있고 미닫이와 들창도 모두 갑창•까지 들인 데다 벽장 문과 두껍닫이•에는 유명한

• **괴벽하다** 성격이 이상하고 까다롭다.
• **궁여의 일책** 궁여지책(가난한 나머지 생각다 못해 짜낸 방법). '궁여'는 '가난함의 결과로 막막하고 괴로운 상태'를 뜻함.
• **정자지기** 정자를 지키고 관리하는 사람.
• **상노** 밥상을 나르거나 잔심부름을 하는 어린아이.
• **손색** 다른 것과 견주어 보아 못한 점.
• **갑창** 추위나 밝은 빛을 막으려고 두껍게 종이를 발라 창문 안쪽에 덧끼우는 창문.
• **두껍닫이** 미닫이를 열 때, 문짝이 옆벽에 들어가 보이지 아니하도록 만든 것.

화가인지 아닌지는 몰라도 낙관이 있는 사군자며 기명절지(器皿折枝)•가 붙어 있다. 밖으로도 문 위에는 '추성각(秋聲閣)'이라 추사체의 현판이 걸려 있고 양쪽 처마 끝에는 파—랗게 녹슨 풍경이 창연하게 달려 있다. 또 미닫이를 열면 눈 아래 깔리는 경치도 큰사랑만 못한 것 같지 않으니, 산기슭에 나부죽이• 섰는 수각(水閣)•과 그 밑으로 마른 연잎과 단풍이 잠긴 연당•이며 그리고 그 연당 언덕으로 올라오면서 무룡석으로 산을 모으고 잔디밭 새에 길을 돌린 것은 이 방에서 내려다보기가 기중• 제일일 듯싶었다. 그런 데다 눈을 번뜻 들면 동편 하늘이 시퍼렇게 트이고 그 한편으로 훤칠한 늙은 전나무 한 채가 절벽처럼 가려 섰는 것이다. 사슴의 뿔같이 삭정이•가 된 상가지에는 희끗희끗 새똥까지 묻히어서, 고요히 바라보면 한눈에 태고(太古)가 깃들이는 듯한 그윽한 경치였다.

오래간만에 켜보는 남폿불이다. 펄럭— 하고 성냥불이 심지에 옮기더니 좁은 등피 속은 자옥하게 연기와 김이 서리었다가 차츰차츰 밝아지는 것이었다. 그렇게 차츰차츰 밝아지는 남폿불에

• 기명절지 여러 가지 그릇과 꽃, 과일 따위를 섞어서 그린 그림.
• 나부죽이 작은 것이 좀 넓고 평평한 듯하게.
• 수각 물가나 물 위에 지은 정자.
• 연당 연꽃을 구경하기 위해 연못가에 지어놓은 정자.
• 기중 그 가운데.
• 삭정이 살아 있는 나무에 붙어 있는, 말라 죽은 가지.

뺑— 둘러앉았던 옛날 집안사람들의 얼굴이 생각나게, 그렇게 남폿불은 추억 많은 불이었다.

그는 누워 너무나 고요함에 귀를 빼앗기면서 옛사람들의 얼굴을 그려보다가 너무나 가까운 데서 까악— 까악— 하는 까마귀 소리에 얼른 일어나 문을 열었다. 바깥은 아직 아주 어둡지 않았다. 또 까악— 까악— 하는 소리에 치어다보니, 지나가면서 우는 소리가 아니라 바로 그 전나무 삭정가지에 시커먼 세 마리가 앉아서 그러는 것이었다.

"까마귀!"

까치나 비둘기를 본 것만은 못하였다. 그러나 자연이 준 그의 검음과 그의 탁한 음성을 까닭 없이 저주할 필요는 느끼지 않았다. 마침 정자지기가 올라와서,

"아, 진지는 어떡하십니까?"

하는 말에, 우유하고 빵이나 먹고 밥 생각이 나면 문안 들어가 사 먹는다고, 그래도 자기는 괜찮다고……. 어름어름하고 말막음으로,

"웬 까마귀들이……?"

하고 물었다.

"네, 이 동네 많습니다. 저 낭구• 엔 늘 와 사는걸입쇼."

"그래요? 그럼 내 친구가 되겠군……."

• 낭구 나무.

하고 그는 웃었다.

"요 아래 돼지 기르는 데가 있습죠니까. 거기 밥찌게기 같은 게 흔하니까 그래 까마귀가 떠나질 않습니다."

하면서 정자지기는 한걸음 나서 풀매• 치는 형용을 하니 까마귀들은 주춤하고 날 듯한 자세를 가지다가 아래를 보더니 도로 앉아서 이번에는 '까르르' 하고 GA 아래 R이 한없이 붙은 발음을 하는 것이었다.

정자지기가 내려간 후 그는 다시 호젓하게 문을 닫고 아까와 같이 아무렇게나 다리를 뻗고 누워버렸다.

배가 고팠다. 그는 또 그 어느 학자의 '수면습관설'이 생각났다. 사람이 밤새도록 그 여러 시간을 자는 것은 불을 발명하기 전에 할 일이 없어 자기만 한 것이 습관으로 전해진 것뿐이요, 꼭 그렇게 여러 시간을 자야만 될 리는 없다는 것이다. 그는 이 수면습관설에 관련하여 식욕이란 것도 그런 것으로 믿어보고 싶었다. 사람은 하루 꼭꼭 세 번씩 으레 먹어야 될 것처럼 충실히 먹는 것이나 이것도 그렇게 많이 먹어야만 되게 되어서가 아니라, 애초에는 수효 적은 사람들이 넓은 자연 속에서 먹을 것이 쉽사리 손에 들어오니까 먹기만 하던 것이 습관으로 전해진 것뿐이요, 꼭 그렇게 세 끼씩이나 충실히 먹어야만 될 리는 없을 것 같았다. 그런데 사람이 잠을

• 풀매 팔매, 돌팔매.

자기 위해서는 그처럼 큰 부담이 있는 것은 아니나, 먹기 위해서는, 하루 세 번씩 먹는 그 습관을 지키기 위해서는 얼마나 큰, 얼마나 무거운 부담이 있는 것인가. 그러기에 살려고 먹는 것이 아니라 먹으려고 산다는 말까지 생긴 것이 아닌가 생각하였다.

'먹으려구 산다! 평생을 먹으려구만 눈이 뻘게 허둥거리다 죽어? 그건 진실로 인간의 모욕이다!'

그는 쓴웃음을 지으며 지금 자기의 속이 쓰려 올라오는 것과 입속이 빡빡해지며 눈에는 자꾸 기름진 식탁이 나타나는 것을 한낱 무가치한 습관의 발작으로만 돌려버리려 노력하였다.

'어디선가 루날• 은 예술가는 빵 한 근보다 꽃 한 송이를 꺾는다고……. 그러나 배가 고프면? 하고 제가 묻고는 그러면 그는 괴로워하고 훔치고 혹은 사람을 죽일지도 모른다. 그렇더라도 글쓰기를 버리지는 않을 게라고 했다. 난 배가 고파할 줄 아는 얄미운 습관부터 아예 망각시켜 보리라. 잉크는 새것이 한 병 새벽 우물처럼 충충히 담겨 있것다. 원고지도 여남은 축 쌓여 있것다…….'

그는 우선 그, 문 앞으로 살랑살랑 지나다니면서 '쌀값은 오르기만 허구…… 석탄두 들여야겠는데……'를 입버릇처럼 하던 하숙 주인 마누라의 목소리를 십 리나 떨어져서, 은은한 풍경 소리와 짙은 어둠에 함빡 싸인 이 산장 호젓한 방에서 옛 애인을 만난

• 루날 르누아르. 프랑스의 화가.

듯한 다정스러운 남폿불을 돋우고 글만을 생각하는 데 취할 수 있는 것이, 갑자기 온몸이 비단에 싸이는 듯 살이 찔 듯한 행복을 느끼었다.

저녁마다 그는 남포에 새 석유를 붓고 등피를 닦고 그리고 까마귀 소리를 들으면서 어둠을 기다리었다. 방 구석구석에서 밤의 신비가 소곤거릴 때에야 살며시 무릎을 꿇고 귀한 손님의 의관처럼 공손히 남포 갓을 들어 올리고 불을 켜놓는 것이며, 펄럭거리던 불방울이 가만히 자리 잡는 것을 보고야 아랫목으로 물러나 그제는 눕든지 앉든지 마음대로 하며 혼자 밤이 새도록 무얼 읽고 무얼 생각하고 무얼 쓰고 하는 것이다. 그래서 아침이면 늘 늦도록 자곤 하였다. 어떤 날은 큰사랑 뒤에 있는 우물에 올라가 세수를 하고 나면 산 너머로 오정 소리가 울려 오기도 했다. 그러다가 이날은 무슨 무서운 꿈을 꾸고 그 서슬•에 소스라쳐 깨어보니 밤은 벌써 아니었다. 미닫이에는 전나무 가지가 꿩의 장북•처럼 비끼었고 쨍쨍한 햇볕은 쏴— 소리가 날 듯 쪼여 있었다. 어수선한 꿈자리를 떨쳐버리는 홀가분한 기분과 여기 나와서는 처음 일찍 깨어보는 호기심에서 그는 머리를 흔들고 미닫이부터 쫙 밀어버리었

• 서슬 강하고 날카로운 기세.
• 장북 꿩의 꽁지깃.

다. 문턱을 넘어 드는 바깥 공기는 체온에 부딪히는 것이 찬물 같았다. 여윈 손으로 눈을 비비며 얼마나 아름다울 아침일까를 내어다보았다. 해는 역광선이어서 부신 눈으로 수각을 더듬고 연당을 더듬고 잔디밭 길을 더듬다가 그 실뱀 같은 잔디밭 길에서 그는 문득 어떤 여자의 그림자 하나를 발견한 것이다.

'아직 꿈인가?' 하고 다시금 눈부터 비비었다. 확실히 여자요, 또 확실히 고요히 섰으되 산 사람이었다. 그는 너무 넓게 열렸던 문을 당황히 닫아버리고 다시 조그만 틈으로 내어다보았다.

여자는 잊어버린 듯 오래도록 햇볕만 쏘이고 서 있다가 어디선지 산새 한 마리가 날아와 감나무 가지에 앉는 것을 보더니 그제야 사뿐 발을 떼어놓았다. 머리는 틀어 올리었고 저고리는 노르스름한 명줏빛인데, 고동색 스웨터를 아이 업듯 두 소매는 앞으로 늘어뜨리고 등에만 걸치었을 뿐. 꽤 날씬한 허리 아래엔 옥색 치맛자락이 부드러운 물결처럼 가벼운 주름살을 일으키었다. 빨—간 단풍잎 하나를 들었을 뿐, 고요한 아침 산보인 듯하였다.

'누굴까?'

그는 장정(裝幀)* 고운 신간서에처럼 호기심이 일어났다. 가까이 축대 아래로 지나가는 것을 보니, 다듬은 듯한 이마, 고요한 눈결, 꼭 다문 입술에는 약간의 프라이드가 느껴지어 꽤 높은 교양

* 장정 책의 겉장이나 겉모양을 꾸밈. 또는 그런 꾸밈새.

을 가진 듯한 얼굴이었다.

'누굴까?'

이튿날 아침에도 비교적 이르게 잠을 깨었다. 살며시 연당 쪽을 내어다보니 연당 앞에도 잔디밭 길에도 아무도 사람이라고는 보이지 않았다. 왜 그런지 붙들었던 새를 날려 보낸 듯 그는 서운하였다.

이날 오후인데, 그는 낙엽을 긁어다가 불을 때고 있었다. 누군지 축대 아래에서 인기척이 났다. 머리를 쓸어넘기며 내려다보니 어제 아침의 그 여자다. 어제 그 옷, 그 모양, 그 고요함으로 약간 발그레해진 얼굴을 쳐들고 사뭇 아는 사람을 보듯 얼굴을 돌리려 하지 않고 걸음을 멈추고 섰는 것이다. 이쪽은 당황하여 다시 머리를 쓸어넘기며 일어섰다.

"×선생님이세요?"

여자가 거의 자신을 가지고 묻는 말이었다.

"네, ×××입니다."

"……."

여자는 먼저 물어놓고 더 말이 없이 귀밑까지 발그레해지는 얼굴을 폭 수그렸다.

"절 아십니까?"

"……."

여자는 다시 얼굴을 들어 수줍은 웃음을 보이고는 꼭 다문 입으로 옆에 있는 돌층계를 히뜩히뜩 올라왔다. 이쪽에서는 낙엽 한 무더기를 또 아궁* 속에 쓸어 넣고 손을 털었다.

"문간에 명함 붙이신 걸루 알었에요."

"네……."

"저두 선생님 독자예요. 꽤 충실한……."

"그러십니까? 부끄럽습니다."

그는 손을 비비며 여자의 눈을 보았다. 잦아든 가을 호수와 같이 약간 꺼진 듯한 피곤한 눈이면서도 샛별 같은 광채가 담겨 있었다.

"손수 불을 때시나요?"

"네."

"전 이 집 정원을 제 집처럼 날마다 산보 와요. 아침이문……."

"네! 퍽 넓구 좋은 정원입니다."

"참 좋아요. 어서 때세요."

"네. 이 동네 계십니까?"

"네. 요 개울 건너예요."

이날은 더 이야기가 나올 새 없이 부끄러움도 미처 걷지 못하고 여자는 돌아가고 말았다.

그는 한참 뒤에 바깥 행길로 나와 개울 건너를 살펴보았다. 거

* 아궁 아궁이. 방이나 솥 따위에 불을 때기 위해 만든 구멍.

기는 기와집 초가집 여러 집이 언덕에 층층으로 놓여 있었다. 어느 것이 그 여자가 들어간 집인지 짐작조차 할 수 없는 것이었다.

이날 저녁에 정자지기를 만나 물었더니,

"그 여자 병인이올시다."

하였다. 보기에 그리 병색은 아니더라 하니,

"뭐 폐병이라나요. 그래 약 먹느라구 여기 나왔는데 숨이 차 산엔 못 댕기구 우리 정자루만 밤낮 오죠."

하였다.

폐병! 그는 온전한 남의 일 같지 않게 마음이 쓰였다. 그렇게 예모• 있고 상냥스러운 대화를 지껄일 수 있는 아름다운 입술이 악마와 같은 병균을 발산하리라는 사실은 상상만 하기에도 우울하였다.

그러나 그다음 날부터는 정원에서 그 여자를 만나 인사할 수 있는 것이 즐거웠고, 될 수만 있으면 그를 위로해 주고 그와 더불어 자기의 빈한한 예술을 솔직하게 비평도 받고 싶었다. 그래서 그 여자가 자기의 방문 앞으로 왔을 때는 몇 번이나,

"바람이 찹니다."

하여 보았다. 그러나 번번이,

"여기가 좋아요."

• 예모 예절에 맞는 몸가짐.

하고 여자는 툇마루에 걸터앉았고 손수건으로 자주 입과 코를 막기를 잊지 않았다. 하루는,

"글쎄 괜찮으니 좀 들어오십시오."

하고 괜찮다는 말에 힘을 주었더니 여자는 약간 상기가 되면서 그래도 이쪽에 밝히 따지려는 듯이,

"전 전염병 환자예요."

하고 쓸쓸한 웃음을 지었다.

"글쎄 그런 줄 압니다. 괜찮으니 들어오십시오."

하니 그제야 가벼운 감격이 마음속에 파동치는 듯, 잠깐 멀—리 하늘가에 눈을 던지었다가 살며시 들어왔다. 황혼이었다. 동향 방의 황혼이라 말할 때의 그 여자의 맑은 눈 속과 흰 잇속만이 별로• 또렷또렷 빛이 났다.

"저처럼 죽음에 대면해 있는 처녀를 작품 속에서 생각해 보신 일 계십니까, 선생님?"

"없습니다! 그리구 그만 정도에 왜 죽음을 생각허십니까?"

"그래두 자꾸 생각하게 되어요."

하고 여자는 보일 듯 말 듯한 웃음으로 천장을 쳐다보았다. 한참 침묵 뒤에,

"전 병을 퍽 행복스럽다 했어요. 처음엔……."

• **별로** 두드러지게. 특별하게.

하고 또 가벼이 웃었다.

"……."

"모두 날 위해주구 친구들이 꽃을 가지구 찾어와 주구, 그리구 건강했을 때보다 여간 희망이 많지 않어요. 인제 병이 나으면 누구헌테 제일 먼저 편지를 쓰겠다, 누구헌테 제일 먼저 찾아가겠다, 무슨 책을 사 보리라, 누구헌테 전에 잘못한 걸 사과하리라…… 참 벨벨• 희망이 다 끓어올랐에요. 병든 걸 참 감사했에요 그땐……."

"지금은 좀 귀찮으십니까?"

"무서워졌에요. 죽음두 첨에는 퍽 아름다운 걸루 알었드랬에요. 언제든지 살다 귀찮으면 꽃밭에 뛰어들듯 언제나 아름다운 죽음에 뛰어들 수 있는 걸 기뻐했에요. 그런데 이렇게 맞닥뜨리고 보니 겁이 자꾸 나요. 꿈을 꿔두……."

하는데 까악— 까악— 하는 소리가 바로 그 전나무 삭정가지에선 듯 언제나 똑같은 거리에서 울려 왔다.

"여기 나와선 까마귀가 내 친굽니다."

하고 그는 억지로 그 불길스러운 소리를 웃음으로 덮어버리려 하였다.

"선생님은 친구라구꺼정! 전 이 동네가 모두 좋은데 저게 싫어

• 벨벨 별별. 갖가지의.

요. 죽음을 잊어버리면 안 된다구 자꾸 깨쳐주는 것 같아요."

"건 괜한 관념인 줄 압니다. 흰 새가 있듯 검은 새도 있는 거구, 소리 맑은 새가 있듯 소리 탁한 새도 있는 거지요. 취미에 따런* 까마귀도 사랑할 수가 있는 샌 줄 압니다만……."

"건 죽음을 아직 남의 걸로만 아는 건강한 사람들의 두개골을 사랑하는 것 같은 악취미겠지요. 지금 저헌텐 무서운 짐승이에요. 무슨 음모를 가지구 복면을 허구 내 뒤를 쫓아다니는 어떤 음흉한 사내같이 소름이 끼쳐요. 아마 내가 죽으면 저 새가 덥석 날아와 앞을 설 것만 같이……."

"……."

"죽음이 아름답게 생각될 때 죽는 것처럼 행복은 없을 것 같어요."

하고 여자는 너무 길게 지껄였다는 듯이 수건으로 입을 코까지 싸서 막고 멀—거니 어두워 들어오는 미닫이를 바라보았다.

이 병든 처녀가 처음으로 방에 들어와 얼마 안 되는 이야기를 그의 체온과 그의 병균과 함께 남기고 간 날 밤, 그는 몹시 우울하였다.

'무슨 말을 하여야 그 여자를 위로할 수 있을까?'

* **따런** 따라서는.

'과연 그 여자의 병은 구할 수 없는 것일까?'

'어떻게 하면 그 여자에게 죽음이 다시 한번 꽃밭으로 보일 수 있을까?'

그는 비스듬히 벽에 기대어 이것을 생각하다가 머릿속에서 무엇이 버스럭버스럭거리는 소리를 들었다. 가만히 이마에 손을 대니 그것은 벽장 속에서 나는 소리였다. 그는 벽장을 열고 두어 마리의 쥐를 쫓고 나무때기처럼 굳은 빵 한 쪽을 꺼내었다. 그리고 한 손으로는 뒷산에서 주워 온 그 환약•과 같이 동그라면서도 가랑잎처럼 무게가 없는 토끼의 배설물을 집어 보면서 요즘은 자기의 것도 그렇게 담박한 것이 틀리지 않을 것을 미소하였다. '사람에게서도 풀내가 나야 한다.' 한 철인 소로•의 말이 생각났으며, 사람도 사는 날까지 극히 겸손한 곤충처럼 맑은 이슬과 향기로운 풀잎으로만 만족하지 못하는 것을, 그 운명이 슬픈 생각도 났다.

'무슨 말을 하여 주면 그 여자에게 새 희망이 생길까?'

그는 다시 이 궁리에 잠기었고 그랬다가 문득,

'내가 그 여자를 사랑하리라!'

하는 정열에 부딪히었다.

'확실히 그 여자는 애인을 갖지 못했을 거다. 누가 그 벌레 먹는

• 환약 약재를 가루로 만들어 반죽해 작고 둥글게 빚은 약.
• 소로 헨리 데이비드 소로(Henry David Thoreau, 1817~1862). 미국의 사상가이자 문학가.

가슴에다 사랑을 묻었을 것이냐!'

그는 그 여자의 앉았던 자리에 두 손길을 깔아보았다. 싸—늘한 장판의 감촉만일 뿐, 체온은 날아간 지 오래였다.

'슬픈 아가씨야, 죽더라도 나를 사랑하면서 죽어다오! 애인이 없이 죽는 것은 애인을 남기고 죽기보다 더욱 슬플 것이다……. 오래전부터 병균과 싸워온 너에겐 확실히 애인이 있을 수 없을 것이다.'

그는 문풍지 떠는 소리에 덧문을 닫고 남포의 불을 낮추고 포(Poe)•의 슬픈 시 〈레이븐〉을 생각하면서,

"레노어? 레노어?"

하고 포가 그의 애인의 망령을 불렀듯이 슬픈 음성으로 소리쳐 보았다. 그 덮을 것도 없이 남편의 헌 외투 자락에 싸여서, 그러나 행복스럽게 임종하였을 레노어의 가엾고 또 아름다운 시체는, 생각하여 보면 포의 정열 이상으로 포근히 끌어안아 보고 싶은 충동도 일어났다. 포가 외로운 서재에 앉아 밤 깊도록 옛 책을 상고할 때 폭풍은 와서 문을 열어젖뜨렸고• 검은 숲속에서는 보이지도 않는 까마귀가 울면서 머리 풀어헤친 아름다운 레노어의 망령이 스르르 방 안 한구석에 나타나곤 하였다.

• **포** 에드거 앨런 포(Edgar Allan Poe, 1809~1849). 미국의 시인·소설가·비평가.
• **열어젖뜨리다** 문이나 창문 따위를 갑자기 활짝 열다.

'오오! 나의 레노어! 너는 아직 확실히 애인을 갖지 못했을 거다. 내가 너를 사랑해 주마. 내가 너의 죽음을 지키는 슬픈 애인이 되어주마.'

그는 밤이 너무나 긴 것을 탄식하며 어서 날이 밝기를 기다리었다.

그러나 밝는 날 아침은, 하늘은 너무나 두껍게 흐려 있었고 거친 바람은 구석구석에서 몰려나오며 눈발조차 희끗희끗 날리었다. 온실 속에서나 갸웃이 내어다보는 한 송이 열대지방 꽃처럼 그렇게 가냘픈 그 처녀의 얼굴이 도저히 나타나기를 바랄 수 없는 날씨였다.

'오, 가엾은 아가씨! 너는 이렇게 흐린 날 방 속에 누워 애인이 없이 죽을 것을 슬퍼하리라! 나의 가엾은 레노어!'

사흘이나 눈이 오고 또 사흘이나 눈보라가 치고 다시 이틀이나 흐리었다가 눈이 오고 그리고 날이 들고• 따뜻하여졌다. 처마 끝에서 눈 녹은 물이 비 오듯 하는 날 오후인데 그 가엾은 아가씨가 나타났다. 더 창백해진 얼굴에는 상장(喪章)• 같은 마스크를 입에 대이었고 방에 들어와서는 눈꺼풀이 무거운 듯 자주 눈을 감았다 뜨면서,

• **들다** 비나 눈이 그치고 날이 좋아지다.
• **상장** 거상(居喪)이나 조상(弔喪)의 뜻을 나타내기 위해 옷깃이나 소매 따위에 다는 표. 보통 검은 헝겊이나 삼베 조각으로 만들어 붙인다.

"그간 두어 번이나 몹시 각혈*을 했어요."

하였다.

"그러나……."

"의사는 기관에서 터진 피라지만 전 가슴에서 나온 줄 모르지 않어요."

"그래두 의사가 더 잘 알지 않겠어요?"

"의사가 절 속여요. 의사만 아니라 사람들이 다 날 속이려구만 들어요. 돌아서선 뻔—히 내가 죽을 걸 얘기허다가두 나보군 아닌 체들 해요. 그래서 벌써부터 난 딴 세상 사람처럼 따돌리는 게 저는 슬퍼요. 죽음이 그렇게 외로운 거란 걸 날 죽기 전부터 맛보게들 해요……."

아가씨의 말소리는 떨리었다.

"그래두…… 만일 지금이라두 만일…… 진정으루 사랑하는 사람이 있다면 그 사람의 말만은 곧이들으시겠습니까?"

"……."

눈을 고요히 감고 뜨지 않았다.

"당신의 병을 조금도 싫어하지 않고 정말 운명을 같이 따라가려는 사람만 있다면?"

"그럼 그건 아마 사람이 아니겠지요. 저헌테 사랑하는 사람이

* 각혈 피나 피가 섞인 가래를 토함.

있긴 있어요…… 절 열렬히 사랑해 주어요. 요즘두 자주 저헌테 나와요……."

"……."

"그는 정말 날 사랑하는 표루 내가 이런, 모두 싫어허는 병이 걸린 것두 자기만은 싫어허지 않는단 표루 하루는 내 가슴에서 나온 피를 먹기까지 한 사람이야요. 그렇지만 그게 나에게 위로가 되는 줄 아세요?"

"……."

그는 우울할 뿐이었다.

"내 피까지 먹구 나허구 그렇게 가깝게 해두 그는 저대로 건강하구 저대루 살아가야 할 준비를 하니까요. 머리가 좋으면• 이발소에 가구, 신이 해지면 새 구둘 맞추구! 날마다 대학 도서관에 다니면서 식량 문제를 연구하구 있어요. 얼마나 저허군 길이 달러요? 전 머릿속에 상여, 무덤 그런 생각뿐인데……."

"왜 그런 생각만 하십니까?"

"사람끼린 동정하구퍼두 동정이 안 되는 거 같어요."

"왜요?"

"병자에겐 같은 병자가 되는 것 아니곤 동정이 못 될 겁니다. 그런데 어떻게 마음대루 같은 병자가 되며, 같은 정도로 앓다 같은

• 좋다 머리카락이 많이 자라서 길다.

시각에 죽습니까? 뻔—히 죽을 사람을 말루만 괜찮다 괜찮다 하구 속이는 건 이쪽을 더 빨리 외롭게만 만드는 거예요."

"어떤 상여를 생각하십니까?"

그는 대담하게 이런 것을 물어주는 것이 그 아가씨를 딴 세상 사람으로 따돌리지 않는 것이 될까 하였다.

"조선 상여는 참 타기 싫어요……. 요즘 금칠 막 한 자동차두 보기두 싫어요. 하—얀 말 여럿이 끌구 가는 하—얀 마차가 있다면…… 하구 공상해 봤어요. 그리구 무덤두 조선 무덤들은 참 암만해두 정이 가질 않어요. 서양엔 묘지가 공원같이 아름답다는데 조선 산수들이야 어디 누구의 영—원한 주택이란 그런 감정이 나요? 곁에 둘 수 없으니까 흙으루 덮구 그냥 두면 비에 패이니까 잔디를 심는 것뿐이지, 꽃 한 송이 심을 데나 꽂을 데가 있어요? 조선 사람처럼 죽는 사람의 감정을 안 생각해 주는 사람들은 없을 것 같아요. 괜—히 그 듣기 싫은 목소리루 울기만 허구 까마귀나 돼들게• 조떡가리•나 갖다 어질러놓구……."

"……."

"선생님은 왜 이렇게 외롭게 사세요?"

그는 아무 대답도 하지 않았다. 그 여자에게 애인이 없으리라고

• **돼들게** 모여들게.
• **조떡가리** 좁쌀로 만든 떡의 가루.

단정한 자기의 어리석음을 마음 아프게 비웃었고 저렇게 절망에 극하여 세상 욕심이라고는 털끝만치도 없는 거룩한 여자를 애인으로 가진 그 식량 문제를 연구하는 청년이 몹시 부러운 생각뿐이었다.

날은 이미 황혼에 가까웠다. 연당 아래 전나무 꼭대기에서는 아직 그 탁한 소리로 울지는 않으나 그 우악스러운 주둥이로 그 검은 새들이 삭정이를 쪼는 소리가 딱— 딱— 울려 왔다.

"까마귀가 온 게지요?"

"그렇게 그게 싫으십니까?"

"싫어요. 그것 뱃속에는 아마 별별 귀신 딱지가 다 든 것처럼 무서워요. 한번은 꿈을 꾸었는데 까마귀 뱃속에 무슨 부적이 들구 칼이 들구 시퍼런 불이 들구 한 걸 봤어요."

"허허……."

하고 그는 웃고, 이제 까마귀를 한 마리 잡아서 그 배를 갈라서 그 속에는 다른 새나 조금도 다를 것이 없는 내장뿐인 것을 보여주리라. 그래서 그 여자의 까마귀에 대한 공포심을 근절시키고, 그래서 죽음에 대한 공포심을 좀 덜게 해주리라 속으로 결심하였다.

그는 이 아가씨가 간 뒤에 그 길로 뒷산에 올라 물푸레나무를 베어다가 큰 활을 하나 메었다. 꼿꼿한 싸리로 살을 만들고 끝에 다는 큰 못을 갈아 촉을 박고 여러 번 겨냥을 연습하여 보고 까마귀를 창문 가까이 유혹하였다. 눈 위에 여기저기 콩을 뿌리었더니 그들은 마침내 좌우를 의뭉스러운 눈으로 두리번거리면서도 내려와 그것을 쪼아먹었다. 먼 데 것이 없어지는 대로 그들은 곧 날듯 날듯이 어깨를 곧추세우면서도 차츰차츰 방문 가까이 놓인 것을 쪼으며 들어왔다. 방 안에서는 숨을 죽이고 조그만 문구멍에 살촉을 얹고 가장 가까이 들어온 놈의 옆구리를 겨냥하여 기운껏 활을 조여가지고 쏘아버렸다.

푸드득 하더니 날기는 다 날았으나 한 놈이 죽지에 살이 박힌 채 이내 그 자리에 떨어졌고 다른 놈들은 까악까악거리면서 전나무 꼭대기로 올라갔다. 그는 황망히• 신을 끌며 떨어진 놈을 쫓아 들어가 발로 덮치려 하였다. 그러나 까마귀는 어느 틈에 그의 발 밑에 들지 않고 휠쩍 몸을 솟구어 그 찬란한 핏방울을 눈 위에 흩뿌리며 두 다리와 한 날개로 반은 날고 반은 뛰면서 잔디밭 쪽으로 더풀더풀 달아났다. 이쪽에서도 숨차게 뛰어 다우쳤다.• 보기에 악한과 같은 짐승이었지만 그도 한낱 새였다. 공중을 잃어버린 그에겐 이내 막다른 골목이 나왔다. 화살이 그냥 박힌 채 연당으로 내려가는 도랑창에 거꾸로 박히더니 쌕— 쌕— 하면서 불덩어리인지 핏방울인지 모를 두 눈을 뒤집어 뜨고 찍게• 같은 입을 딱

- 황망히 마음이 몹시 급해 허둥지둥하며.
- 다우치다 다그치다. 일이나 행동 따위를 빨리 끝내려고 몰아치다.
- 찍게 집게.

벌리며 대가리를 곧추들었다. 그리고 머리 위에서는 다른 놈들이 전나무에서 내려와 까악거리며 저희 동무를 기어이 구하려는 듯이 낮게 떠돌며 덤비었다.

그는 슬그머니 겁이 나기도 했으나 뭉어리돌•을 집어 공중엣 놈들을 위협하며 도랑에서 다시 더풀 올려솟는• 놈을 좇아 들어가며 곧은 발길로 멱투시•를 차 내던지었다. 화살은 빠져 떨어지고 까마귀만 여남은 칸 밖에 나가떨어지며 킥— 하고 빼들적거리었다. 다시 쫓아가 발길을 들었으나 그때는 벌써 까마귀는 적을 볼 줄도 모르고 덮어 누르는 죽음과 싸울 뿐이었다. 그는 두근거리는 가슴으로 이 검은 새의 죽음의 고민을 내려다보며 그 병든 처녀의 임종을 상상해 보았다. 슬픈 일이었다. 그는 이내 자기 방으로 돌아왔고 나중에 정자지기를 시켜 그 죽은 까마귀를 목을 매어 어느 나뭇가지에 걸게 하였다. 그리고 어서 그 아가씨가 나타나면 곧 훌륭한 외과의사나처럼 그 검은 시체를 해부하여 까마귀의 뱃속에도 다른 날짐승과 똑같이 단순한 조류의 내장이 있을 뿐, 결코 그런 무슨 부적이거나 칼이거나 푸른 불이 들어 있지 않다는 것을 증명하리라 하였다.

그러나 날씨는 추워가기만 하고 열흘에 한 번도 따뜻한 해가 비

• 뭉어리돌 덩어리돌. 돌덩어리.
• 올려솟다 위로 솟아나거나 솟아오르다.
• 멱투시 멱살. 목 앞쪽 부분.

치지 않았다. 달포가 지나도록 그 아가씨는 나타나지 않았다. 날씨는 다시 풀어져 연당의 얼음이 녹고 단풍나무 가지에 걸린 까마귀의 시체도 해부하기 알맞게 녹았지만 그 아가씨는 나타나지 않았다.

하루는 다시 추워져서 싸락눈이 바실바실 길에 떨어져 구르는 날 오후였다. 어느 잡지사에 들어가 곤작* 한 편을 팔아가지고 약간의 식료를 사 들고 다 나온 길인데 개울 건너 넓은 마당에는 두어 대의 검은 자동차와 함께 금빛 영구차 한 대가 놓여 있었다.

그는 가슴이 섬찍하였다. 별장 쪽을 올려다보니 전나무 꼭대기에서는 진작부터 서너 마리의 까마귀가 이 광경을 내려다보며 쭈그리고 앉아 있었다.

'그 여자가 죽었구나!'

영구차 안에는 이미 검은 헝겊에 싸인 관이 실려 있었다. 둘러섰는 동네 사람 속에서 정자지기가 나타나더니 가까이 와서 일러주었다.

"우리 정자루 늘 오던 색시가 갔답니다……."

"……."

그는 고요히 영구차를 향하여 모자를 벗었다.

* 곤작 애써가며 더디 쓴 글.

"저 뒤에 자동차에 지금 오르는 사람이 그 여자와 정혼했던 사람이랩니다."

그는 잠자코 그 대학 도서실에 다니며 식량 문제를 연구한다는 청년을 건너다보았다. 그 청년은 자동차 안에 들어앉자 이내 하—얀 손수건을 내어 얼굴에 대었다. 그러자 자동차들은 영구차가 앞을 서서 고요히 굴러 달아났다. 눈은 자꾸 내리었다. 그 자동차들이 굴러간 자리도 얼마 안 있어 덮어버리고 말았다.

까마귀들은 이날 저녁에도 별다른 소리는 없이 그저 까악— 까악— 거리다가 이따금씩 까르르— 하고 그 GA 아래 R 자가 한없이 붙은 발음을 내곤 하였다.

《조광》 1936년 1월호에 실린 글을 바탕으로 함.

작품 이해하기

이 소설은 《조광》 1936년 1월호에 발표된 단편소설로, 까마귀 울음소리와 폐병 걸린 여인을 소재로 '죽음'이라는 주제를 다루고 있다,

이 소설의 주인공인 '그'는 괴벽한 문체를 쓰는 작가로, 자신만의 문체를 중시했던 이태준과 닮았다. 어쨌든 그는 경제적 어려움으로 지낼 곳이 마땅치 않던 차에 친구가 한동안 비우게 된 별장에 들어가 지내게 된다. 별장 근처 전나무 가지에서는 끊임없이 까마귀들이 울어대지만, 그래도 맘 편히 머물며 글을 쓸 수 있다는 것에 그는 행복해한다. 그러다 어느 날 아침 자기의 작품을 알아주는 젊은 여인을 만나게 되는데, 그 여인은 폐병이라는 무서운 전염병에 걸린 사람이었다.

그녀는 항상 죽음에 대해 생각하고 있다. 처음에는 친구들이 찾아와 주고 희망이 많아서 병든 걸 감사하게 여기며, 죽음도 꽃밭에 뛰어드는 것처럼 아름다운 것으로 생각했다. 하지만 지금은 죽음이 무섭고 꿈도 무서운 꿈을 꾼다. 특히 까마귀 소리는 죽음을 잊어서는 안 된다는 것을 일깨워주는 소리라고 느끼고 있다.

그는 젊은 여인을 사랑하기로 마음먹지만, 그 여인에게 애인을 있음을 알고는 아쉬워한다. 그리고 그녀에게 희망을 주기 위해 그녀가 무서워하는 까마귀를 잡아, 까마귀 배 속에는 귀신이나 부적이 없음을 보여주려 한다. 그러나 결국 그녀는 죽었고, 여느 때처럼 까마귀가 울어댄다.

이 작품은 비극적 결말을 암시하는 소설적 장치로 암울한 분위기를 형성하고 있지만, 죽음을 무섭거나 끔찍하거나 슬픈 것으로 형상화하지는 않는다. 죽음을 아름답게 대하는 태도를 엿볼 수 있다. 작가는 폐병에 걸린 병든 여인의 옷차림과 이목구비 등을 아름다운 모습으로 묘사한다. 그런가 하면 '그'는 여인을 '세상 욕심이라고는 털끝만큼도 없는 거룩한 여자'라고 하면서 긍정적으로 표현하고 있다. 또 여인은 병에 걸린 것을 감사하게 생각하거나 죽음을 꽃밭에 뛰어드는 것으로 여기기도 하고, 죽은 뒤에 여러 마리의 하얀 말이 이끄는 하얀 마차를 타고 싶다고 말하기도 한다.

이 작품에 대한 평가는 크게 두 가지로 갈린다. 하나는, 시대적 상황과 동떨어진 내용을 담고 있어 현실 감각이 부족하고 지극히 낭만적으로 표현했다는 지적이다. 다른 하나는, 현실에서 소외된 인물의 삶을 연민 어린 시선으로 그려내었으며 감각적이고 서정적인 문체가 잘 드러난 작품이라는 평가이다.

작품 깊이읽기

죽음의 그림자, 까마귀

소설 곳곳에서 '까마귀'가 울어댄다. 그는 별장에서 까마귀를 보고는 자연의 한 부분으로 인식하고 친구가 되겠다고 말한다. 그러나 폐병에 걸린 여인은 까마귀의 울음소리를 매우 싫어한다. 까마귀가 자신의 죽음을 재촉하는 것처럼 느껴지기 때문이다. 그녀는 까마귀의 '배 속에 아마 별별 구신 딱지가 든 것처럼 무서워'하고, '무슨 부적이 들구 칼이 들구 시퍼런 불이 들어있는' 것처럼 생각한다. 그는 까마귀를 객관적이고 긍정적으로 인식하는 데 비해, 그녀는 주관적이고 부정적으로 인식하고 있다.

까마귀는 언제부턴가 우리에게 '흉조(불길한 새)'로 인식되어 왔다. 특히 '죽음'을 상징하는 새로 여겨지는데, 이는 겉모습이나 습성과 관련 있다. 온몸이 까맣다 보니 '저승사자'를 연상하게 되고, '가오 가오'라는 까마귀 울음소리를 죽음과 관련짓기도 한다. 또 까마귀가 육식도 하다 보니 동물 사체뿐 아니라 사람 시체를 뜯어 먹기도 하는데, 이런 모습도 죽음과 관련된다.

이 소설에서 까마귀 울음소리는 작품 초반부터 우울한 분위기를 이끌어 나가며, 폐병에 걸린 젊은 여인의 죽음을 암시하는 구실을 한다.

별장, 별개의 집이 아닌 특별한 집

별장은 흔히 경치 좋은 곳에 지어두고 때때로 가서 쉴 수 있도록 만든 집을 일컫는다. 일상의 공간이 아닌 휴식의 공간인 셈이다. 물론 별장 주인에게는 그러할 것이다. 하지만 이러한 별장이 경제적 어려움을 겪는 그에게는 생존을 위한 특별한 공간이다.

하숙 생활도 하기 어려운 그는 다행히 친구의 별장을 쓸 수 있게 된다. 별장에서는 넓고 큰 다른 방들을 마다하고 바깥채 작은사랑에 거처한다. 동향이라 겨울에 밝고 따뜻하며, 낙관이 있는 그림들이 붙어 있고, 경치 좋은 연못이 내려다보이기 때문이다.

그는 이런 별장에서 글을 쓰며 지낼 수 있게 된 것에 행복해한다. 가난한 현실에서 벗어나 아름다운 자연에 둘러싸인 곳에서 마음 편히 지낼 수 있게 되었으니까. 이런 특별하고 고마운 공간에서 그는 특별한 사람을 만나게 된다.

죽을병에 걸린 특별한 여인

어느 이른 아침, 그는 별장 정원을 산책하던 한 여인과 마주한다. '저도 선생님 독자예요. 꽤 충실한…….'이라는 말과 아름다운 모습에 그는 그녀에게 관심을 가지게 되고, 나중에 폐병에 걸렸다는 사실도 알게 된다.

그녀는 그에게 자신을 대하는 사람들의 태도와 죽음에 대한 생각을 털어놓는다. 그는 그녀를 위로할 방법을 생각하다 그녀를 사랑하겠다고 생각하지만 그녀에게는 이미 사랑하는 사람이 있었다. 그래서 그는 까마귀를 해부해 배

속을 보여주면 그녀가 더 이상 까마귀를 두려워하지 않을 거라 생각한다.

작가에게 자기 작품을 알아봐 주는 독자는 아주 고맙고 특별한 존재일 것이다. 그는 특별한 공간에서 특별한 여인을 만난 것이다. 그것도 아주 특별한 상황에 놓인 여인을. 그러니 그는 폐병에 걸린 그녀가 더욱 안쓰러웠을 것이고 사랑하고 싶은 마음도 생겨났을 테다. 그녀가 물었던 것처럼, 어쩌면 그가 별장에서 써 내려갈 작품 속 주인공이 바로 이 여인이 될지도 모르겠다.

죽음을 암시하는 장치들

이 작품은 처음부터 끝까지 죽음의 그림자가 짙게 드리워져 있다.

첫째, 삭정가지에서 반복적으로 울어대는 까마귀. 까마귀의 이미지뿐 아니라 말라 죽은 가지인 삭정가지 또한 죽음의 이미지를 드러낸다. 둘째, 늦가을에서 겨울로 이어지는 계절적 배경 또한 생명이 쇠락해 감을 나타낸다 셋째, 죽음에 대한 여인의 태도 변화는 죽음이 현실이 되어가고 있다는 자각으로 볼 수 있다.

넷째, 그녀의 각혈은 병세가 더욱 악화되었음을 보여준다. 이는 또한 화살을 맞은 까마귀가 흘리는 피와 겹쳐지며 까마귀의 죽음에서 그녀의 죽음을 짐작하게 한다. 다섯째, 그가 까마귀를 잡고 나서 달포가 지나도록 그녀가 모습을 나타내지 않은 것은 그녀가 죽음에 이르게 되었음을 암시한다.

달 밤

까 마 귀

복 덕 방

돌 다 리

복덕방

철썩, 앞집 판장• 밑에서 물 내버리는 소리가 났다. 주먹구구에 골독했던• 안 초시•에게는 놀랄 만한 폭음이었던지, 다리 부러진 돋보기 너머로, 똑 멩이•를 쪼으려는 닭의 눈을 해가지고 수챗구멍•을 내다본다. 뿌연 뜨물에 휩쓸려 나오는 것이 여러 가지다. 호박꼭지, 계란 껍질, 게피• 해버린 녹두 껍질.

"녹두 빈자떡•을 부치는 게로군. 흥……."

한 오륙 년째 안 초시는 말끝마다 '젠―장'이 아니면 '흥!' 하는 코웃음을 잘 붙이었다.

"추석이 벌써 낼 모래지! 젠―장."

안 초시는 저도 모르게 입맛을 다시었다. 기름내가 코에 풍기는

- **판장** 널빤지로 대어 만든 울타리.
- **골독하다** 골똘하다. 한 가지 일에 온 정신을 쏟아 딴생각이 없다.
- **초시** 예전에, 한문을 좀 아는 유식한 양반을 높여 이르던 말.
- **멩이** 모이. 닭이나 날짐승의 먹이.
- **수챗구멍** 수채(집 안에서 버린 물이 집 밖으로 흘러 나가도록 만든 시설)의 허드렛물이 빠져나가는 구멍.
- **게피** 거피. 콩, 팥, 녹두 따위의 껍질이나 소, 돼지, 말 따위의 가죽을 벗김.
- **빈자떡** 빈대떡.

듯 대뜸 입안에 침이 흥건해지고, 전에 괜찮게 지낼 때 충치니 풍치니 하던 것은 거짓말이었던 것처럼 아래윗니가 송곳 끝같이 날카로워짐을 느끼었다.

안 초시는 그 날카로워진 이를 빈 입인 채 빠드득 소리가 나게 한번 물어보고 고개를 들었다.

하늘은 천리같이 트였는데 조각구름들이 여기저기 널리었다. 어떤 구름은 깨끗이 바래• 말린 옥양목처럼 흰빛이 눈이 부시다. 안 초시는 이내 자기의 때 묻은 적삼• 생각이 났다. 소매를 내려다보는 그의 얼굴은 날래• 들리지 않는다. 거기는 한 조박•의 녹두빈자나 한 잔의 약주로써 어쩌지 못할, 더 슬픔과 더 고적함이 품겨• 있는 것 같았다.

혹 혹 소매 끝을 불어보고 손끝으로 퉁겨보기도 하다가 목침•을 세우고 눕고 말았다.

"이사는 팔 하고 사오는 이십이라 천이 되지. 가만…… 천이라? 사루 했으니 사천이라 사천 평……. 매 평에 아주 줄여 잡아 5원씩만 하게 돼두 4원 75전씩이 남으니 그럼…… 사사는 십육,

• **바래다** 볕에 쬐거나 약물을 써서 빛깔을 희게 하다.
• **적삼** 윗도리에 입는 홑옷. 모양은 저고리와 같다.
• **날래** 빨리.
• **조박** 조각.
• **품기다** 기운 따위가 지녀지다.
• **목침** 나무토막으로 만든 베게.

일만 육천 원하구…….”

안 초시가 다시 주먹구구를 거듭해서 얻어낸 총액이 일만 구천 원. 단 천 원만 들여도 일만 구천 원이 되리라는 심속•이니, 만 원만 들이면 그게 얼만가? 그는 벌떡 일어났다. 이마가 화끈해졌다. 되사렸던• 무릎을 얼른 곧추세우고 뒤나 보려는• 사람처럼 쪼그렸다. 마코• 갑이 번연히 빈 것인 줄 알면서도 다시 집어다 눌러보았다. 주머니에는 단돈 십 전. 그도 안경다리를 고친다고 벌써 세 번째가 네 번짼가 딸에게서 사오십 전씩 얻어가지고는 번번이 담배 값으로 다 내어보내고 말던 최후의 10전. 안 초시는 주머니에 손을 넣어 그것을 집어내었다. 백통화• 한 푼을 얹은 야윈 손바닥. 가민히 떨리었다. 서 참의•의 투박한 손을 생각하면 너무나 얇고 잘망스러운• 손이거니 하였다. 그러나 이따금 술잔을 얻어먹고, 이렇게 내 방처럼 그의 복덕방에서 잠까지 빌어 자건만, 한 번도 집 거간•이나 해먹는 서 참의의 생활이 부럽지는 않았다. 그래도 언제든지 한 번쯤은 무슨 수가 생기어 다시 한번 내 집을 쓰게 되

- 심속 속에 품고 있는 마음.
- 되사라다 도사리다. 두 다리를 꼬부려 각각 한쪽 발을 다른 한쪽 무릎 아래에 괴고 앉다.
- 뒤나 보다 뒤보다. 똥을 누다.
- 마코 일제 시대 담배의 한 종류.
- 백통화 백통(구리와 니켈의 합금)으로 만든 돈.
- 참의 대한제국 때 무인 계급의 하나.
- 잘망스럽다 보기에 하는 행동이나 모양새가 잘고 얄미운 데가 있다.
- 거간 사고파는 사람 사이에 들어 흥정을 붙이는 일. 또는 그런 일을 하는 사람.

고, 내 밥을 먹게 되고, 내 힘과 내 낯으로 다시 한번 세상에 부딪혀 보려니 믿어졌다.

초시는 전에 어떤 관상쟁이의 '엄지손가락을 안으로 넣고 주먹을 쥐어야 재물이 나가지 않는다'는 말이 생각났다. 늘 그렇게 쥐노라고는 했지만 문득 생각이 나서 내려다볼 때는 으레 엄지손가락이 얄밉도록 밖으로 쥐어져 있었다. 그래 드팀전•을 하다가도 실패를 하였고, 그래 집까지 잡혀서 장전•을 내었다가도 그만 화재를 보았거니 하는 것이다.

"이놈의 엄지손가락아, 안으로 좀 들어가아. 젠—장." 하고 연습 삼아 엄지손가락을 먼저 안으로 넣고 아프도록 두 주먹을 꽉 쥐어 보았다. 그리고 당장 내어보낼 돈이면서도 그 10전짜리를 그렇게 쥔 주먹에 단단히 넣고 담배 가게로 나갔다.

이 복덕방에는 흔히 세 늙은이가 모이었다.

언제, 누가 와서 집 보러 가잴지 몰라 늘 갓을 쓰고 앉아서 행길•을 잘 내다보는, 얼굴 붉고 눈방울 큰 노인은 주인 서 참의이다. 참의로 다니다가 합병 후에는 다섯 해를 놀면서 시기를 엿보

• 드팀전 온갖 천이나 옷감을 팔던 가게.
• 장전 장롱 따위의 세간을 만들어 파는 가게.
• 행길 사람이 많이 지나다니는 큰길.

았으나 별수가 없을 것 같아서 이럭저럭 심심파적•으로 갖게 된 것이 이 가옥중개업이었다. 처음에는 겨우 굶지 않을 만한 수입이었으나 대정• 팔구 년 이후로는 시골 부자들이 세금에 몰려, 혹은 자녀들의 교육을 위해 서울로만 몰려들고, 그런 데다 돈은 흔해져서 관철동, 다옥정 같은 중앙 지대에는 그리 고옥•만 아니면 만 원대를 예사로 훌훌 넘었다. 그 판에 봄가을로 어떤 달에는 삼사백 원 수입이 있어, 그러기를 몇 해를 지나 가회동에 수십 칸의 집을 세웠고, 또 몇 해 지나지 않아서는 창동 근처에 땅을 장만하기 시작하였다. 지금은 중개업자도 많이 늘었고 건양사(建陽社) 같은 큰 건축 회사가 생기어서 당자끼리 직접 팔고 사는 것이 원칙처럼 되어가기 때문에 중개료의 수입은 전보다 훨씬 줄은 셈이다. 그러나 이십 여 칸 집에 학생을 치고• 싶은 대로 치기 때문에 서 참의의 수입이 없는 달이라고 쌀값이 밀리거나 나뭇값에 졸릴• 형편은 아니다.

"세상은 먹구 살게는 마련야……."

서 참의가 흔히 하는 말이다. 칼을 차고 훈련원에 나서 병법을 익힐 때는 한번 호령만 하고 보면 산천이라도 물러설 것 같던 그

- 심심파적 심심함을 잊고 시간을 보내기 위해 어떤 일을 함. 또는 그런 일.
- 대정 다이쇼. 일본 다이쇼 천황 시대의 연호(1912-1926).
- 고옥 지은 지 오래된 집.
- 치다 주로 영업을 목적으로 남을 머물러 묵게 하다.
- 졸리다 끈질기게 자꾸 요구당하다.

기개와 오늘의 자기, 한낱 가쾌•로 복덕방 영감으로 기생, 갈보• 따위가 사글셋방• 한 칸을 얻어달래도 '네— 네—' 하고 따라나서야 하는 만인의 심부름꾼인 것을 생각하면 서글픈 눈물이 아니 날 수도 없는 것이다. 워낙 술을 즐기기도 하지만 어떤 때는 남몰래 이런 감회를 이기지 못해서 술집에 들어선 적도 여러 번이다.

그러나 호반(무인)들의 기개란 흔히 혈기에서 나오는 것이기 때문인지 몸에서 혈기가 줆을 따라 그런 감회를 일으킴조차 요즘은 적어지고 말았다. 하루는 집에서 점심을 먹다 듣노라니 무슨 장사치의 외우는• 소리인데 이상히 귀에 익은 목청이 들렸다. 자세히 귀를 기울이니 점점 가까이 오는 소리인데 제법 무엇을 사라는 소리가 아니라 '유리병이나 간장통 팔거쏘—.' 하는 소리이다. 그런데 그 목청이 보면 꼭 알 사람 같아, 일어서 마루 들창으로 내어다보니 이번에는 '가마니나 신문 잡지나 팔거쏘—.' 하면서 가마니 두어 개를 지고 한 손에는 저울을 들고 중노인이나 된 사람이 지나가는데, 아는 사람은 확실히 아는 사람이다. 그러나 그를 어디서 알았으며, 성명이 무엇이며, 애초에는 무엇을 하던 사람인지가 감감해지고 말았다.

• **가쾌** 집 흥정을 붙이는 일을 직업으로 가진 사람.
• **갈보** 남자들에게 몸을 파는 여자를 속되게 이르는 말.
• **사글셋방** 월세를 받고 빌려주는 방. 또는 월세를 주고 빌려 쓰는 방.
• **외우다** 외치다.

"오라! 그렇군…… 분명……."

하고 그는 한참 만에 고개를 끄덕이었다. 그 유리병과 간장통을 외우는 소리가 골목 안으로 사라져갈 즈음에야 서 참의는 그가 누구인 것을 깨달아 낸 것이다.

"동관• 김 참의…… 허!"

나이는 자기보다 훨씬 연소하였으나 학식과 재기가 있는 데다 호령 소리가 좋아 상관에게 늘 칭찬을 받던 청년 무관이었었다. 이십여 년 뒤에 들어도 갈데없이• 그 목청이요 그 모습이었다. 전날의 그를 생각하고 오늘의 그를 보니 적이• 감개•가 사무치어• 밥숟가락을 멈추고 냉수만 거듭 마시었다.

그러나 전에 혈기 있을 때와 달리 그런 기분이 오래가지는 않았다. 중학교 졸업반인 둘째 아들이 학교에 갔다 들어서는 것을 보고, 또 싸전에서 쌀값 받으러 와 마누라가 선선히 시퍼런 지전•을 내어 헤이는 것을 볼 때 서 참의는 이내 속으로,

'그저 살아야지 별수 있나. 저렇게 개가죽을 쓰고 돌아다니는 친구도 있는데…… 에헴.'

- **동관** 한 관아에서 일하는 같은 등급의 관리나 벼슬아치.
- **갈데없이** 오직 그렇게밖에는 달리 될 수 없게.
- **적이** 꽤 어지간한 정도로.
- **감개** 어떤 감동이나 느낌이 마음 깊은 곳에서 배어 나옴. 또는 그 감동이나 느낌.
- **사무치다** 깊이 스며들거나 멀리까지 미치다.
- **지전** 종이에 인쇄를 하여 만든 화폐.

하였을 뿐 아니라 그런 절박한 친구에다 대면 자기는 얼마나 훌륭한 지체•이냐 하는 자존심도 없지 않았다.

"지난 일, 그까짓 생각할 건 뭐 있나. 사는 날까지…… 허허."

여생을 웃으며 살 작정이었다. 그래 그런지 워낙 좀 실없는• 티가 있는 데다 요즘 와서는 누구에게나 농지거리•가 늘어갔다. 그래 늘 눈이 달리고• 뾰로통한 입으로는 말끝마다 '젠—장' 소리만 나오는 안 초시와는 성미가 맞지 않았다.

"쫌보•야, 술 한잔 사주랴?"

쫌보라는 말이 자기를 업신여기는 것 같아서 안 초시는 이내 발끈해 가지고,

"네깟놈 술 더러워 안 먹는다."

한다.

"화투패나 밤낮 떼면 너희 어멈이 살아온다덴?"

하고 서 참의가 발끝으로 화투장들을 밀어 던지면 그만 얼굴이 새빨개져서 쌔근쌔근하다가 부채면 부채, 담뱃갑이면 담뱃갑…… 자기의 것을 냉큼 집어 들고 다시 안 올 듯이 새침해 나가버리는

• 지체 어떤 집안이나 개인이 사회에서 차지하고 있는 신분이나 지위.
• 실없다 말이나 하는 짓이 참되거나 미덥지 못하다.
• 농지거리 점잖지 아니하게 함부로 하는 장난이나 농담.
• 눈이 달리다 사물을 판단하는 힘이 모자라다. 여기서 '눈'은 '사물을 보고 판단하는 힘'을 뜻함.
• 쫌보 졸보. 재주도 없고 못난 사람을 낮잡아 이르는 말.

것이다.

"조게 계집이문 천생 남의 첩 감이야."

하고 서 참의는 껄껄 웃어버리나, 안 초시는 이렇게 돼서 올라가면 한 이틀씩 보이지 않았다.

한번은 안 초시의 딸의 무용회 날 밤이었다. 안경화라고, 한동안 토월회•에도 다니다가 대판•에 가 있느니 동경에 가 있느니 하더니 오륙 년 뒤에 무용가노라 이름을 날리며 서울에 나타나게 된 것이다. 바로 제1회 공연 날 밤이었다. 서 참의가 조르기도 했지만, 안 초시도 딸의 사진과 이야기가 신문마다 나는 바람에 어깨가 으쓱해서 공표•를 얻을 수 있는 대로 얻어가지고 서 참의뿐 아니라 여러 친구를 청했던 것이다.

"허! 저기 한가운데서 지금 한창 다릿짓하는• 게 자네 딸인가?"

남은 다 멍멍히• 앉았는데, 서 참의가 해괴한 것을 보는 듯 마땅치 않은 어조로 물었다.

"무용이란 건 문명국일수록 벗구 한다네그려."

약기는 한 안 초시는 미리 이런 대답을 하였다.

• **토월회** 1923년 일본 도쿄 유학생인 박승희, 김기진 등이 중심이 되어 구성한 우리나라의 신극(新劇) 극단.
• **대판** 일본 '오사카'를 우리 한자음으로 읽은 이름.
• **공표** 값을 치르지 않고 거저 얻은 입장권이나 차표.
• **다릿짓하다** 다리를 움직이다.
• **멍멍히** 정신이 빠진 것같이 어리벙벙하게.

"모르겠네 원……. 지금 총각 놈들은 모두 등신인가 봐……."

"왜?"

하고 이번에는 다른 친구가 탄하였다.

"우린 총각 시절에 저런 걸 봤대문 그냥 못 배기네."

"빌어먹을 녀석…… 나잇값을 못 하구. 개야 저건 개……."

벌써 안 초시는 분통이 발끈거려서 나오는 소리였다. 한 가지가 끝나고 불이 환하게 켜졌을 때였다.

"도루, 차라리 여배우 노릇을 댕기라구 그래라. 여배운 그래두 저렇게 넓적다린 내놓구 덤비지 않더라."

"그 자식 오지랖 경치게• 넓네•. 네가 안방 건넌방이 몇 칸이요 나 알었지 뭘 쥐뿔이나 안다구 그래? 보기 싫건 나가렴."

하고 안 초시는 화를 빨끈 내었다. 그러니까 서 참의도 안방 건넌방 말에 화가 나서 꽤 높은 소리로,

"넌 또 뭘 아니? 요 쫌보야."

하고 일어서 버리었다.

이 일이 있은 후 안 초시는 거의 달포•나 서 참의의 복덕방에 나오지 않았었다. 그런 걸 박희완 영감이 가서 데리고 왔었다.

• **경치게** 쓸데없이 심하게.
• **오지랖 넓다** 쓸데없이 지나치게 아무 일에나 참견하는 면이 있다. '오지랖'은 '웃옷이나 윗도리에 입는 겉옷의 앞자락'을 이르는 말.
• **달포** 한 달이 조금 넘는 기간.

박희완 영감이란 세 영감 중의 하나로 안 초시처럼 이 복덕방에 와 자기까지는 안 하나 꽤 쑬쑬히• 놀러 오는 늙은이다. 아니 놀러 오기만 하는 것이 아니라 와서는 공부도 한다. 재판소에 다니는 조카가 있어 대서업• 운동•을 한다고 《속수국어독본》을 노상• 끼고 와서 그 《삼국지》 읽던 투로, '긴상 도꼬에 유끼마쓰까(김 선생 어디에 갑니까)……' 어쩌고를 외우고 있는 것이다.

그러나 《속수국어독본》 뚜껑이 손때에 절고, 또 어떤 때는 목침 위에 받쳐 베고 낮잠도 자서 머리때까지 새까맣게 절어 '조선총독부 편찬'이란 잔글자들은 보이지 않게 되도록, 대서업 허가는 의연히• 나오지 않는 모양이었다.

"너나 내나 다 산 것들이 업은 가져 뭘 허니? 무슨 세월에…… 흥!"

하고 어떤 때 안 초시는 한나절이나 화투패를 떼어보고 안 떨어지면 그 화풀이로 박희완 영감이 들고 중얼거리는 《속수국어독본》을 툭 채어 행길로 팽개치며 그랬다.

"넌 또 무슨 재술 바라구 밤낮 화투패나 떨어지길 바라니?"

- 쑬쑬히 꽤, 보통 이상으로.
- 대서업 남을 대신하여 관청 행정이나 법률 행위에 필요한 서류를 작성해 주고 보수를 받는 직업.
- 운동 어떤 목적을 이루려고 힘쓰는 일. 또는 그런 활동.
- 노상 언제나, 늘.
- 의연히 전과 다름이 없이.

"난 심심풀이지."

그러나 속으로는 박희완 영감보다 더 세상에 대한 야심이 끓었다. 딸이 평양으로 대구로 다니며 지방 순회까지 하여서 제법 돈냥이나 걷힌 것 같으나 연구소를 내느라고 집을 뜯어고친다, 유성기를 사들인다, 교제를 하러 돌아다닌다 하노라고, 더구나 귀찮게만 아는 이 애비를 위해 쓸 돈은 예산에부터 들지 못하는 모양이었다.

"애? 낡은 솜이 돼 그런지, 삯바느질이 돼 그런지, 바지 솜이 모두 치어서• 어떤 덴 홑옷이야. 암만 해두 사쓸 한 벌 사 입어야겠다."

하고 딸의 눈치만 보아오다 한번은 입을 열었더니,

"어련히 인제 사드릴라구요."

하고 딸은 대답은 선선하였으나• 사쓰는 그해 겨울이 다 지나도록 구경도 못 하였다. 사쓰는커녕 안경다리를 고치겠다고 돈 1원만 달래도 1원짜리를 굳이 바꿔다가 50전 한 닢만 주었다. 안경은 돈을 좀 주무르던 시절에 장만한 것이라 테만 오륙 원 먹은 것이어서 50전만으로 그런 다리는 어림도 없었다. 50전짜리 다리도 있지만 살 바에는 조촐한• 것을 택하던 초시의 성미라, 더구나 면상

• 치이다 한쪽으로 쏠리거나 뭉치다.
• 선선하다 주저함이 없이 시원하다.
• 조촐하다 세련되고 모양새가 좋다.

에서 짝짝이로 드러나는 것을 사기가 싫었다. 차라리 종이 노끈인 채 쓰기로 하고 50전은 담뱃값으로 나가고 말았다.

"왜 안경다린 안 고치셨어요?"

딸이 그날 저녁으로 물었다.

"흥……."

초시는 말을 하지 않았다. 딸은 며칠 뒤에 또 50전을 주었다. 그러면서 어떻게 들으라고 하는 소리인지,

"아버지 보험료만 해두 한 달에 3원 80전씩 나가요."

하였다. 보험료나 타 먹게 어서 죽어달라는 소리로도 들리었다.

"그게 내게 상관있니?"

"아버지 위해 들었지 누구 위해 들었게요 그럼?"

초시는 '정말 날 위해 하는 거문 살아서 한 푼이라두 다구. 죽은 뒤에 내가 알게 뭐냐.' 소리가 나오는 걸 억지로 참았다.

"50전이문 왜 안경다릴 못 고치세요?"

초시는 설명하지 않았다.

"지금 아버지가 좋구 낮은 걸 가리실 처지야요?"

그러나 50전은 또 마코 값으로 다 나갔다. 이러기를 아마 서너 번째다.

"자식도 소용없어. 더구나 딸자식…… 그저 내 수중에 돈이 있어야……."

초시는 돈의 긴요성을 날로날로 더욱 심각하게 느끼었다.

"돈만 가지면야 좀 좋은 세상인가!"

심심해서 운동 삼아 좀 나다녀 보면 거리마다 짓느니 고층 건축들이요, 동네마다 느느니 그림 같은 문화주택•들이다. 조금만 정신을 놓아도 물에서 가주• 튀어나온 미여기•처럼 미낀미낀한 자동차가 등덜미에서 소리를 꽥 지른다. 돌아다보면 운전수는 눈을 부릅떴고 그 뒤에는 금시계 줄이 번쩍거리는, 살진 중년 신사가 빙그레 웃고 앉았는 것이었다.

"예순이 낼모레…… 젠—장할 것."

초시는 늙어가는 것이 원통하였다. 어떻게 해서나 더 늙기 전에 적게 돈 만 원이라도 붙들어 가지고 내 손으로 다시 한번 이 세상과 교섭해• 보고 싶었다. 지금 이 꼴로서야 문화주택이 암만 서기로 내게 무슨 상관이며, 자동차, 비행기가 개미 떼나 파리 떼처럼 퍼지기로 나와 무슨 인연이 있는 것이냐. 세상과 자기와는 자기 손에서 돈이 떨어진 그 즉시로 인연이 끊어진 것이라 생각하였다.

'그러면 송장이나 다름없지 뭔가?'

초시는 이런 질문을 자신에게 던진 지가 이미 오래였다.

'무슨 수가 없을까?'

- **문화주택** 일제강점기에 서양 주택의 공간 구조와 외관을 따라 지어졌던 주택.
- **가주** 갓, 금방.
- **미여기** 메기.
- **교섭하다** 어떤 일을 이루기 위해 서로 의논하고 이해관계를 조정하다.

또,

'무슨 그루테기가 있어야 비비지!'

그러다가도,

'그래도 돈냥이나 엎질러 본 녀석이 벌기도 하는 게지.'

하고 그야말로 무슨 그루터기만 만나면 꼭 벌기는 할 자신은 가지었다.

그러다가 박희완 영감에게서 들은 말이었다. 관변•에 있는 모 유력자를 통해 비밀리에 나온 말인데, 황해 연변에 제2의 나진이 생긴다는 말이었다. 지금은 관청에서만 알 뿐이나 축항 용지•는 비밀리에 매수되었으므로 불원하여• 당국자로부터 공표가 있으리라는 것이다.

"그럼 거기가 황무진가? 전답들인가?"

초시는 눈이 뻘게 물었다.

"밭이라데."

"밭? 그럼 매 평 얼마나 간다나?"

"좀 올랐대. 관청에서 사는 바람에 아무리 시골 사람들이기루 그만 눈치 없겠나. 그래두 무슨 일루 관청서 사는진 모르거

• 관변 정부나 관청 쪽. 또는 그 계통.
• 축항 용지 항구를 만들 땅.
• 불원하다 시일이 오래지 아니하다.

던…….”

“그래?”

“그래. 그리 오르진 않었구…… 아마 평당 이십오륙 전씩이면 살 수 있다나 보데. 그러니 화중지병•이지 뭘 허나, 우리가…….”

“음…….”

초시는 관자놀이가 욱신거리었다. 정말이기만 하면 한 시각이라도 먼저 덤비는 놈이 더 남는 판이다. 나진도 오륙 전 하던 땅이 한번 개항된다는 소문이 나자 당년으로 오륙 전의 백 배 이상이 올랐고, 삼사 년 뒤에는, 땅 나름이지만 어떤 요지는 천 배 이상이 오른 데가 많다.

‘다 산 나이에 오래 끌건 뭐 있나. 당년으로 넘겨두 최소한도 5원씩야 무려할• 테지.’

혼자 생각한 초시는,

“대관절 어디란 말야, 거기가?”

하고 나앉으며 물었다.

“그걸 낸들 아나?”

“그럼?”

“그 모씨라는 이만 알지. 그러게 날더러 단 만 원이라도 자본을

• 화중지병 그림의 떡.
• 무려하다 믿음직스러워 아무 염려할 것이 없다.

운동하면, 자기는 거기서도 어디어디가 요지•라는 걸 설계도를 복사해 낸 사람이니까 그 요지만 산단 말이지. 그리구 많이두 바라진 않어. 비용 죄다 제치구• 순이익의 2할만 달라는 거야."

"그럴 테지. 누가 그런 자국을 일러주구 구경만 하자겠나. 2할이라…… 2할……."

초시는 생각할수록 이것이 훌륭한, 그 무슨 그루터기가 될 것 같았다. 나진의 선례도 있거니와 박희완 영감 말이 만주국이 되는 바람에 중국과의 관계가 미묘해짐으로 황해 연변에도 으레 나진과 같은 사명을 갖는 큰 항구가 필요할 것은 우리 상식으로도 추측할 바이라 하였다. 초시의 상식에도 그것을 믿을 수 있었다.

오늘은 오래간만에 피존•을 사서, 거기서 아주 한 대를 피워 물고 들어왔다. 어째 박희완 영감이 종일 보이지 않는다. 다른 데로 자금 운동을 다니나 보다 하였다. 서 참의는 점심 전에 나간 사람이 어디서 흥정이 하나 떨어지노라고인지 아직 돌아오지 않는다. 안 초시는 미닫이틀 위에서 다 낡은 화투를 꺼내었다.

"허, 이거 봐라!"

여간해선 잘 떨어지지 않던 거북패가 단번에 뚝 떨어진다. 누가

• 요지 핵심이 되는 중요한 땅.
• 제치다 일정한 대상이나 범위에서 빼다.
• 피존 일제강점기 때 담배의 한 종류.

옆에서 좀 보아주었으면 싶었다.

"아무래두 이게 심상치 않어……. 이제 재수가 틔나 부다."

초시는 반도 타지 않은 피존을 행길로 내어던졌다. 출출하던 판에 담배만 몇 대를 피고 나니 목이 컬컬해진다. 앞집 수채에는 뜨물이 떠내려가다 막힌 녹두 껍질이 그저 누렇게 보인다.

"오냐, 내년 추석엔……."

초시는 이날 저녁에 박희완 영감에게서 들은 이야기를 딸에게 하였다. 실패는 했을지라도 그래도 십수 년을 상업계에서 보낸 안초시라 출자•를 권유하는 수작만은 딸이 듣기에도 딴사람같이 놀라웠다. 딸은 즉석에서는 가부를 말하지 않았으나, 그의 머릿속에서도 이내 잊히지는 않았던지 다음 날 아침에는 딸 편이 먼저 이 이야기를 다시 꺼내었고, 초시가 박희완 영감에게 묻던 이상으로 시시콜콜히 캐어물었다. 그러면 초시는 또 박희완 영감 이상으로 손가락으로 가리키듯 소상히 설명하였고, 일 년 안에 청장•을 하더라도 최소한도로 오십 배 이상의 순이익이 날 것이라 장담하였다.

딸은 솔깃했다. 사흘 안에 연구소 집을 어느 신탁회사에 넣고 삼천 원을 돌리기로 하였다. 초시는 금시 발복•이나 된 듯 뛰고 싶게 기뻤다.

• **출자** 자금을 내는 일.
• **청장** 장부를 청산한다는 뜻으로, 빚 따위를 깨끗이 갚음을 이르는 말.
• **발복** 운이 틔어서 복이 닥침. 또는 그 복.

"서 참의 이놈, 날 은근히 멸시했것다. 내 군이 널 시켜 네 집보다 나은 집을 살 테다. 네깟놈이 천생 가쾌지 별거냐."

그러나 신탁회사에서 돈이 되는 날은 웬 처음 보는 청년 하나가 초시의 앞을 가리며 나타났다. 그는 딸의 청년이었다. 딸은 아버지의 손에 단 1전도 넣지 않았고 꼭 그 청년이 나서 돈을 쓰며 처리하게 하였다. 처음에는 팩 나오는 노염을 참을 수가 없었으나 며칠 밤을 지내고 나니 적어도 삼천 원의 순이익이 오륙만 원은 될 것이라 만 원 하나야 어디로 가랴 하는 타협이 생기어서 안 초시는 으실으실 그, 이를테면 사위 녀석 격인 청년의 뒤를 따라나섰다.

일 년이 지났다.

모두 꿈이었다. 꿈이라도 아주 악한 꿈이었다. 삼천 원어치 땅을 사놓고 날마다 신문을 들여다보며 수소문을 하여도 거기는 축항이 된단 말이 신문에도 소문에도 나지 않았다. 용당포와 다사도에는 땅값이 삼십 배가 올랐느니 오십 배가 올랐느니 하고 졸부들이 생겼다는 소문이 있어도 여기는 감감소식일 뿐 아니라, 나중에, 역시 이것도 박희완 영감을 통해서 알고 보니 그 관변 모씨에게 박희완 영감부터 속아 떨어진 것이었다. 축항 후보지로 측량까지 하기는 하였으나 무슨 결점으로인지 중지되고 마는 바람에 너무 기민하게 거기다 땅을 샀던 그 모씨가 그 땅 처치에 곤란하여

꾸민 연극이었다.

돈을 쓸 때는 1원짜리 한 장 만져도 못 봤지만 벼락은 초시에게 떨어졌다. 서너 끼씩 굶어도 밥 먹을 정신이 나지도 않았거니와 밥을 먹으러 들어갈 수도 없었다.

'재물이란 친자 간의 의리도 배추 밑 도리듯 하는 건가.' 탄식할 뿐이었다. 밥보다는 술과 담배가 그리웠다. 물론 안경다리는 그저 못 고치었다. 그러나 이제는 50전짜리는커녕 단 10전짜리도 얻어 볼 길이 없었다.

추석 가까운 날씨는 해마다의 그때와 같이 맑았다. 하늘은 천리 같이 트였는데 조각구름들이 여기저기 널리었다. 어떤 구름은 깨끗이 바래 말린 옥양목처럼 흰빛이 눈이 부시다. 안 초시는 이번에도 자기의 때 묻은 적삼 생각이 났다. 그러나 이번에는 소매 끝을 불거나 떨지는 않았다. 고요히 흘러내리는 눈물을 그 더러운 소매로 닦았을 뿐이다.

여름이 극성스럽게 더웁더니 추위도 그럴 징조인지 예년보다 무서리•가 일찍 내리었다. 서 참의가 늘 지나다니는 식은• 관사•에

• 무서리 늦가을에 처음 내리는 묽은 서리.
• 식은 식산은행. 일제강점기에 일본이 조선을 착취하기 위해 만든 은행으로 동양척식주식회사의 실질적인 지배를 받으면서 일제의 한국에 대한 경제적 침략에 큰 역할을 했다.
• 관사 관청에서 관리에게 빌려주어 살도록 지은 집.

울타리가 넘게 피었던 코스모스들이 끓는 물에 데쳐 낸 것처럼 시커멓게 죽고 말았다.

참의는 머리가 띵— 하였다. 요즘 와서 울기 잘하는 안 초시를 한번 위로해 주려 엊저녁에는 데리고 나와 청요릿집으로 추탕집으로 새로 두 점•을 치도록 돌아다닌 때문 같았다. 조반이라고 몇 술 뜨기는 했으나 혀도 그냥 빽빽하다. 안 초시도 그럴 것이니까 해는 벌써 오정 때지만 끌고 나와 해장술이나 먹으려고 부지런히 내려와 보니, 웬일인지 '복덕방'이라고 쓴 베발•이 아직 내어 걸리지 않았다.

"이 사람 봐아…… 어느 땐 줄 알구 코만 고누……."

그러나 코 고는 소리는 들리지 않았다. 미닫이를 밀어젖힌 서참의는 정신이 번쩍 났다. 안 초시의 입에는 피…… 얼굴은 잿빛이었다.

"아니?"

참의는 우선 미닫이를 닫고 눈을 비비고 초시를 들여다보았다. 안 초시는 벌써 아니요, 안 초시의 시체일 뿐이었다. 방 안을 둘러보니 무슨 약병 하나가 굴러져 있었다.

• 새로 두 점 새벽 두 시. '새로'는 12시를 넘긴 시각 앞에 쓰여 시각이 시작됨을 이르는 말. '점'은 예전에 시각을 세던 단위로, 괘종시계의 종 치는 횟수로 세었다.
• 베발 정확한 뜻을 알 수 없음. '베로 만든 발', 즉 '천을 길게 늘어뜨린 것' 정도의 의미로 쓰인 듯함.

참의는 한참 만에야 눈물이 나왔다.

"어쩌누 이걸……."

파출소로 갈까 하다 그래도 자식한테 먼저 알려야겠다 하고, 말만 듣던 그 '안경화 무용연구소'를 찾아가서 안경화를 데리고 왔다. 딸이 한참 울고 난 뒤이다.

"관청에 어서 알려야지?"

"아서세요."

하고 그 딸은 펄쩍 뛰었다.

"아서라니?"

"제 명예도 좀……."

하고 그는 애원하였다.

"안 될 말이지. 명옐 생각하는 사람이 애빌 저 모양으루 세상 떠나게 해?"

"……."

안경화는 엎디어 다시 울었다. 그러다가 나가려는 서 참의의 다리를 끌어안고 놓지 않았다. 그리고,

"절 살려주세요."

소리를 몇 번이나 거듭하였다.

"그럼, 비밀은 내가 지킬 테니 나 하자는 대루 할까?"

"네."

서 참의는 다시 앉았다.

"부친 위해 보험 든 거 있지?"

"네, 간이보험이야요."

"무슨 보험이든……. 얼마나 타누?"

"480원요."

"부친 위해 들었으니 부친 위해 다 써야지?"

"그럼요."

"그럼…… 돌아간 이가 늘 속사쓸 입구퍼 했어. 좋은 털사쓰를 사다 입히구 그 위에 진견• 으로 수의• 일습• 잘 허구. 선산이 있나, 묻힐 데가?"

"웬 그런 준비야 있어요."

"그럼 공동묘지라도 특등지루 넓직하게 사구…… 장례식을 잘 해야 말이지, 초라하게 해버리면 내가 그저 안 있을 게야. 알아들어?"

"네에."

하고 안경화는 그제야 핸드백을 열고 눈물 젖은 얼굴을 닦았다.

안 초시의 소위 영결식이 그의 딸의 연구소 마당에서 열리었다.

서 참의와 박희완 영감은 술이 거나하게 취해 갔다. 박희완 영

• 진견 명주실로 짠 비단의 한 종류.
• 수의 염습(시신을 씻긴 뒤 수의를 갈아입히고 끈으로 묶는 일)할 때 송장에 입히는 옷.
• 일습 옷 한 벌.

감이 무얼 잡혀서 가져왔다는 부의• 2원을 서 참의가,

"장례비가 넉넉하니 자네 돈 그 계집애 줄 거 없네."

하고 우선 술집에 들러 거나하게 곱빼기들을 한 것이다.

영결식장에는 제법 반반한 조객들이 모여들었다. 예복을 차리고 온 사람도 두엇 있었다. 모두 고인을 알아 온 것이 아니요, 무용가 안경화를 보아 온 사람들 같았다. 그중에는 고인의 슬픔을 알아 우는 사람인지, 덩달아 기분으로 우는 사람인지 울음을 삼키노라고 끅끅하는 사람도 있었다. 안경화도 제법 눈이 젖어가지고 신식 상복이라나 공단• 같은 새까만 양복으로 관 앞에 나와 향불을 놓고 절하였다.

그 뒤를 따라 한 20명 관 앞에 와 꿉벅거리었다. 그리고 무어라고 지껄이고 나가는 사람도 있었다.

그들의 분향이 거의 끝난 듯하였을 때,

"에헴."

하고 얼굴이 시뻘건 서 참의도 나섰다. 향을 한 움큼이나 집어 놓아 연기가 시커멓게 올려 솟더니 불이 일어났다. 후— 후— 불어 불을 끄고, 수염을 한번 쓰다듬고 절을 했다. 그리고 다시,

"헴……."

• **부의** 상갓집에 부조로 보내는 돈이나 물품. 또는 그런 일.
• **공단** 두껍고, 무늬는 없지만 윤기가 도는 고급 비단.
• **분향** 향로에 불을 붙인 향을 넣고 향기로운 연기를 피우는 일.

하더니 조사•를 하였다.

"나 서 참의일세. 알겠나? 흥…… 자네 참 호사야, 호살세. 잘 죽었느니. 자네 살았으문 이런 호살 해보겠나? 인전 안경다리 고칠 걱정두 없구…… 아무튼지……."

하는데 박희완 영감이 들어서더니,

"이 사람 취했네그려."

하며 서 참의를 밀어냈다.

박희완 영감도 가슴이 답답하였다. 분향을 하고 무슨 소리를 한마디 했으면 속이 후련히 트일 것 같아서 잠깐 멈칫하고 서 있어 보았으나, "으흐윽……" 하고 울음이 먼저 터져 그만 나오고 말았다.

서 참의와 박희완 영감도 묘지까지 나갈 작정이었으나 거기 모인 사람들이 하나도 마음에 들지 않아 도로 술집으로 내려오고 말았다.

《조광》 1937년 3월호에 실린 글을 바탕으로 함.

• 조사 죽은 사람에 대한 슬픔의 뜻을 나타내는 글이나 말.

작품 이해하기

이 작품은 《조광》 1937년 3월호에 발표된 단편소설이다. 복덕방이라는 공간을 중심으로 근대화 과정에서 생활의 기반을 상실한 안 초시, 서 참의, 박희완 영감의 이야기를 다루고 있다. 그들은 구세대로서 근대화에 적응하지 못해 뚜렷한 미래도 보이지 않는 삶을 살지만 그렇다고 인생을 포기하지도 못한다.

현실에서 소외된 세 노인의 삶을 통해 부동산 투기라는 허황된 꿈의 문제는 물론, 이기적인 딸과 소심한 아버지를 통해 무너져 가는 가족 관계를 폭로하면서 세 노인의 궁핍한 사회상을 드러내고 있다.

서 참의는 훈련원의 참의로 있었기 때문에 그렇게 불리는데, 군대가 해산되고 할 일이 없게 되자 심심파적으로 복덕방을 시작한다. 처음에는 겨우 굶지 않을 정도의 수입이었으나 시골 부자들이 서울로 몰려오면서 돈을 벌어 몇 해 만에 가회동에 수십 칸의 집을 세웠고 창동에도 땅을 장만한다. 지금은 수익이 줄어들기는 했지만 경제적으로 어려운 형편은 아니다. 세상은 먹고살기 마련이라는 긍정적이고 낙천적인 인생관을 지니고 있다. 하지만 예전 같으면 쳐다도 안 보는 신분의 사람들이 사글셋방을 얻어달래도 '예 예'

하며 따라나서야 하는 자신의 처지와 신세를 한탄하면서 서글픈 눈물을 흘리기도 한다. 과거의 훈련원 시절의 기개를 그리워하는 것이다.

안 초시는 서 참의의 현실주의적 태도와는 정반대의 태도를 지닌다. 서 참의에게 술을 얻어먹고 복덕방에서 잠까지 빌어 자기도 하지만 집 거간이나 하는 서 참의를 부러워하지 않는다. 언젠가는 무슨 수가 생겨 자기 집과 자기 밥과 자기 힘과 자기 낯으로 세상에 부딪혀 볼 것을 믿는다. 더 늙기 전에 만 원이라도 벌어서 이 세상과 교섭하고자 한다. 하지만 그는 현실이 불만족스러워 말끝마다 '젠장' 소리를 달고 산다. 그는 하는 일마다 모두 실패하여 생활의 낙오자가 되어 서 참의의 복덕방에서 화투패나 만지며 지낸다. 돈만 가지면 최고라는 생각을 가지고 남들처럼 호화롭게 살기를 바라는 몽상가이다.

현실에서는 무용가인 딸 안경화에게 용돈을 타서 쓰는 안 초시는 안경다리도 고치지 못하고 지낸다. 늘 일확천금을 기대하고 있다가 박희완 영감이 일러준 소문을 믿고 딸을 부추겨 부동산에 투자한다. 하지만 속아서 투자하여 결국 딸의 돈 삼천 원을 잃게 된다. 투자 실패의 벼락은 안 초시에게 떨어지고 그는 자살을 하게 된다. 안 초시의 자살은 허황된 꿈을 꾼 사람이 맞이하게 된 비극적인 결과라고 할 수 있다.

박희완 영감은 안 초시와 서 참의에 비해서 좀 더 적극적으로 현실을 변화시키려는 인물이다. 박희완 영감의 과거에 대해서는 구체적으로 드러나 있지 않지만 《속수국어독본》을 끼고 대서업 허가 공부를 하는 것으로 보아 식자층인 것이 분명하다. 박희완 영감은 일본어를 공부해서 현실의 상황에서 벗어나려고 한다. 하지만 번번이 실패하고 만다는 점에서 그 역시 소외 계층에서 벗어나지 못한다. 그는 관변 모씨에게 속아서 안 초시에게 부동산 투자 정보를 알려주고 이로 인해 결국 안 초시가 죽음에 이르게 된다.

안 초시의 딸 안경화는 무용가로서 성공한 사람이지만 물질주의적이고 자신의 출세만 생각하는 이기적인 사람이다. 아버지가 자살해 죽은 뒤에도 자신의 명예만을 지키고자 한다. 자신의 신분을 이용해 호사스러운 장례식을 치른다. 안 초시의 죽음을 슬퍼하는 서 참의와 박희완 영감은 장례식에는 참석하지만 묘지까지 따라가지는 않는다. 안경화와 조문객들이 보이는 위선적인 태도에 실망했기 때문이다.

여기에 등장하는 인물인 서 참의, 안 초시, 박희완 영감은 구세대를 대표하고, 무용가 안경화는 신세대를 대표한다. '복덕방'이 구세대를 나타내는 전근대적인 의미를 띄는 공간이라면 안경화의 '무용연구소'는 신식 교육과 문화의 전파를 나타내는 근대적 의미를 띄는 공간이라는 점에서 대비를 이룬다. 구세대인 노인들은 주로 복덕방에서 과거를 회상하거나 화투패나 떼면서 소일하고 있다. 이에 비해 무용연구소는 신식 교육을 받은 안경화가 새로운 근대 문화를 전파하는 공간이다. 복덕방이 사회에 적응하지 못하고 소외되는 사람들의 과거 지향적 공간을 뜻한다면, 무용연구소는 안경화와 같은 신세대들의 문화 확대를 뜻하는 미래지향적인 공간을 의미한다.

근대화에 뒤처져 소외된 안 초시가 죽음을 선택한 장소는 전근대의 상징적 공간인 '복덕방'이고, 전근대의 죽음을 근대화된 '무용연구소'에서 애도한다는 것은 전근대가 사라지고 근대가 자리를 잡는다는 것을 상징적으로 보여주는 행위라고 할 수 있다.

작품 깊이읽기

복덕방의 공간적 의미는?

복덕방의 사전적 의미는 '가옥이나 토지 같은 부동산을 매매하는 일이나 임대차를 중계하여 주는 곳'이다. 우리나라에 복덕방이 언제 생겼는지는 정확하지는 않지만 조선 시대 말이나 대한제국 말쯤으로 추정된다. 이처럼 복덕방은 전근대사회에서 근대사회로 이행하는 과정에서 등장한 것이다. 그런 면에서 복덕방은 전환기 사회의 시대적 변화 의미를 담고 있는 공간이라 할 수 있다.

이 작품에서 이야기의 중심이 되는 공간이 복덕방이다. 서 참의가 어쩔 수 없이 복덕방 일을 시작했을 때만 해도 이 공간은 노인들이 소일 삼아 집을 알선해 주고 구전이나 받던 곳이다. 사회의 변화와 함께 부동산이 투기의 대상이 되면서 복덕방의 역할에 의미 변화가 생긴다. 일종의 사랑방 역할을 했던 복덕방이 점점 자본주의의 대표적인 공간이 된 것이다.

여기에 등장하는 복덕방은 부동산 투기 열풍이라는 자본주의를 대표하는 공간인 동시에 자본의 비정함에 좌절하고 마는 인물들에게 마지막 인정의 공간으로서도 작용한다.

구세대와 신세대

복덕방에 등장하는 인물들은 크게 안 초시, 서 참의, 박희완으로 대표되는 구세대와 안경화와 그 주변 인물인 신세대로 나누어 볼 수 있다. 이들은 세대 차이를 느끼면서 갈등 양상을 보인다. 구세대는 사회 주변부의 인물로 인정을 중시하는 전통적인 윤리와 가치관을 추구하지만 근대사회에 적응하지 못하고 소외된 세대들이다. 이에 비해 신세대는 사회 중심부의 인물로 개인과 자아를 중시하는 근대적 가치관을 추구하고, 근대사회를 이끌어 나가는 새로운 세대들이다.

구세대로 대표되는 세 인물은 변화하는 근대화 과정에서 적응하지 못하고 소외되어 가는 사람들을 상징적으로 보여주고 있다. 안경화는 신세대를 대표하는 인물이지만 일제강점기라는 근본적인 모순을 지닌 자본주의 사회 속에서 자신의 이익만을 추구하는 인물로 표상된다. 안경화는 자기의 사회적 명예만을 중시하고 아버지에 대한 인정도 없는, 이기주의와 허세로 가득 찬 위선적인 인물이라고 할 수 있다. 안 초시가 자살한 뒤에 취한 안경화의 태도와 행태는 근대사회를 살아가는 신세대들의 특징을 적나라하게 보여준다.

흰 조각구름과 때 묻은 적삼과 비단옷

추석 가까이 되자 날씨가 맑아 하늘의 하얀 조각구름들은 옥양목처럼 눈이 부시다. 이렇게 자연적 배경은 한없이 아름다운데 안 초시가 입고 있는 옷은 때 묻은 적삼이다. 여기에서 '흰 조각구름'은 안 초시의 부푼 꿈을, '때 묻은 적삼'은 그 꿈의 좌절 및 안 초시의 현실을 의미한다.

안 초시는 생전에 그렇게 입고 싶었던 비단옷도 입지 못하고 딸의 눈치가 보여 안경다리 하나 제대로 고치지 못하며 살았다. 안 초시의 장례식장에서 서 참의가 조사를 하면서 '호사'라고 말한다. 이것은 죽어서야 비단옷을 입게 된 기막힌 상황을 반어적으로 표현한 것이다. 여기에는 살아 있을 때 제대로 모시지도 않다가 아버지가 죽자 마치 효녀인 듯 행동하고 있는 안경화의 위선에 대한 비판이 짙게 깔려 있다.

안 초시의 죽음과 화려한 장례식

안 소시는 일확천금을 노리고 부동산 투자를 딸 안경화에 권유했지만 일 년이 지난 뒤에 다른 사람의 연극에 속았다는 것을 알게 된다. 그리고 그 비난은 모두 안 초시가 떠안는다. 벼랑 끝에 몰린 안 초시는 자식과의 의리도 끊어졌음을 탄식하고 자살하게 된다.

안 초시의 죽음을 처음 목격한 서 참의는 파출소에 가려다가 먼저 자식인 안경화에게 알린다. 안경화는 서 참의가 관청에 알린다고 하자 자기의 명예를 생각해서라도 그러지 말라고 서 참의의 다리를 끌어안고 부탁한다. 세상 사람들이 자기를 비난할지도 모른다고 생각하기 때문이다.

안경화는 아버지의 장례식을 화려하게 치른다. 서 참의는 안경화가 아버지의 죽음에 대한 슬픔보다는 자신의 명예를 중시하는 것에 대해 꾸짖고 위선적인 태도를 비판한다.

걸 밥

까 마 귀

북 덕 방

돌 다 리

돌다리

정거장에서 샘말 십 리 길을 내려오노라면 반이 될락 말락 한 데서부터 샘말 동네보다는 그 건너편 산기슭에 놓인 공동묘지가 먼저 눈에 뜨인다.

창섭은 잠깐 걸음을 멈추고까지 바라보았다.

봄에 올 때 보면, 진달래가 불붙듯 피어 올라가는 야산•이다. 지금은 단풍철도 지나고 누르테테한• 가닥나무•들만 묘지를 둘러, 듣지 않아도 적막한 버스럭 소리만 울릴 것 같았다. 어느 것이라고 집어낼 수는 없어도, 창옥의 무덤이 어디쯤이라고는 짐작이 된다. 창섭은 마음으로 '창옥아!' 불러보며 묵례•를 보냈다.

다만 오뉘뿐으로 나이가 훨씬 떨어진 누이였었다. 지금도 눈에 선―하다. 자기가 마침 방학으로 와 있던 여름이었다. 창옥은 저녁 먹다 말고 갑자기 복통으로 뒹굴었다. 읍으로 뛰어 들어가 의

• 야산 들 가까이의 나지막한 산.
• 누르테테하다 낡고 오래되어 누른빛을 띠면서 탁하고 조금 검다.
• 가닥나무 떡갈나무.
• 묵례 말없이 고개만 숙이는 인사.

사를 청해 왔다. 의사는 주사를 놓고 돌아갔다. 그러나 밤새도록 열은 내리지 않았고 새벽녘엔 아파하는 것도 더해갔다. 다시 의사를 데리러 갔으나 의사는 바쁘다고 환자를 데려오라 하였다. 하라는 대로 환자를 데리고 들어갔으나 역시 오진을 했었다. 다시 하루를 지나 고름이 터지고 복막•이 절망적으로 상해버린 뒤에야 겨우 맹장염인 것을 알아낸 눈치였다.

그때 창섭은, 자기도 어른이기만 했으면 필시 의사의 멱살을 들었을 것이었다. 이런, 누이의 허무한 죽음에서 창섭은 뜻을 세워, 아버지가 권하는 고농•을 마다하고 의전•으로 들어갔고, 오늘에 이르러는 맹장 수술로는 서울서도 정평이 있는 한 권위가 된 것이다.

'창옥아, 기뻐해 다구. 이번에 내 병원이 좋은 건물을 만나 커지는 거다. 개인병원으론 제일 완비한 수술실이 실현될 거다! 입원실 부족도 해결될 거다. 네 사진을 크게 확대해 내 새 진찰실에 걸어놓으마…….'

창섭은 바람도 쌀쌀할 뿐 아니라 오후 차로 돌아가야 할 길이라 걸음을 재우쳤다.•

길은 그전보다 넓어도 졌고 바닥도 평탄하였다. 비나 오면 진흙

• **복막** 내장 기관을 싸고 있는 얇은 막.
• **고농** 고등농림학교. 일제강점기에 농업 및 임업에 관한 전문 교육을 실시하던 실업 학교.
• **의전** 일제강점기에 의학을 가르치던 전문학교.
• **재우치다** 빨리 몰아치거나 재촉하다.

에 헤어날 수 없었는데 복판으로는 자갈이 깔리고, 어떤 목은 좁아서 소바리•가 논으로 미끄러져 들어가기 십상이었는데 바위를 갈라내어서까지 일매지게• 넓은 길로 닦아졌다. 창섭은, '이럴 줄 알았더라면 정거장에서 자전거라도 빌려 타고 올걸.' 하였다.

눈에 익은 정자나무 선 논이며 돌각담•을 두른 밭들도 나타났다. 자기 집 논과 밭들이었다. 논둑에 선 정자나무는 그전부터 있던 것이나 밭에 돌각담들은 아버지께서 손수 쌓으신 것이다.

창섭의 아버지는 근검으로 근방에 소문난 영감이다. 그러나 자기 대에 와서는 밭 하루갈이도 늘리지는 못한 것으로도 소문난 영감이다. 곡식 값보다는 다른 물가들이 높아졌을 뿐 아니라 전대(前代)에는 모르던 아들의 유학이란 것이 큰 부담인 데다가,

"할아버니와 아버니께서 나를 부자 소린 못 들어도 굶는단 소린 안 듣고 살도록 물려주시구 가셨다. 드럭드럭 탐내 모아선 뭘 허니? 할아버니께서 쇠똥을 맨손으로 움켜다 넣으시던 논, 아버니께서 멍덜•을 손수 이룩허신 밭을 더 건• 논으로 더 기름진 밭이 되도록 닦달•만 해가기에도 내겐 벅찬 일일 게다."

• **소바리** 등에 짐을 실은 소.
• **일매지다** 모두 다 고르고 가지런하다.
• **돌각담** 돌담.
• **멍덜** 너설. 험한 바위나 돌 따위가 삐죽삐죽 나온 곳.
• **걸다** 흙이나 거름 따위가 기름지고 양분이 많다.
• **닦달** 손질하고 매만짐.

하고, 절용해• 쓰고 남는 돈이 있으면 그 돈으로는 품•을 몇씩 들여서까지 비뚠 논배미•를 바로잡기, 밭에 돌을 추려 바람막이로 담을 두르기, 개울엔 둑막이• 하기……. 그러다가 아들이 의사가 된 후로는, 아들 학비로 쓰던 몫까지 들여서 동네 길들은 물론 읍 길과 정거장 길까지 닦아놓았다. 남을 주면 땅을 버린다고 여간 근실한 자국•이 아니면 소작을 주지 않았고, 소를 두 필•이나 매고 일꾼을 세 명씩이나 두고 적지 않은 전답을 전부 자농•으로 버티어 왔다. 실속이 타작•만 못하다는 둥, 일꾼 셋이 저희 농사 해가지고 나간다는 둥 이해만을 따져 비평하는 소리가 많았으나, 창섭의 아버지는 땅을 위해서는 자기의 이해만으로 타산하려 하지 않았다. 이와 같은 임자를 가진 땅들이라 곡식을 걷은 뒤 그루•만 남은 논과 밭이되, 그 바닥들의 고름, 그 언저리들의 바름, 흙의 부드러움이 마치 시루떡 모판이나 대하는 것처럼 누구의 눈에나 탐스럽게 흐뭇해 보였다.

- **절용하다** 아껴 쓰다.
- **품** 품팔이. 품삯을 받고 남의 일을 해주는 사람.
- **논배미** 논두렁으로 둘러싸인 논의 하나하나의 구역.
- **둑막이** 하천 따위를 막아 둑을 만드는 일.
- **자국** 본디의 상태나 수준.
- **필** 말이나 소를 세는 단위.
- **자농** 자기 땅에 자기가 직접 짓는 농사.
- **타작** 지주가 소작인에게 소작료를 수확량의 절반으로 매기는 일.
- **그루** 작물을 심어 기르고 거둔 자리.

이런 땅을 팔기에는, 아무리 수입은 몇 배 더 나은 병원을 늘리기 위해서이나 아버지께 미안하지 않을 수 없었다. 그러나 잡히기나• 해가지고는 삼만 원 돈을 만들 수가 없었고, 서울서 큰 양관(洋館)•을 손에 넣기란 돈만 있다고도 아무 때나 될 일이 아니었다.

'아버지께선 내년이 환갑이시다! 어머니께선 겨울이면 해마다 기침이 도지신다. 진작부터 내가 모셔야 했을 거다. 그런데 내가 시골로 올 순 없고, 천생 부모님이 서울로 가시어야 한다. 한동네서도 땅을 당신만치 못 거둘 사람에겐 소작을 주지 않으셨다. 땅 전부를 소작을 내어 맡기고는 서울 가 편안히 계실 날이 하루도 없으실 게다. 아버님의 말년을 편안히 해드리기 위해서도 땅은 전부 없애버릴 필요가 있는 거다!'

창섭은 샘말에 들어서자 동구•에서 이내 아버지를 뵐 수가 있었다. 아버지는, 가에는 살얼음이 잡힌 찬물에 무릎까지 걷고 들어서서 동네 사람들을 부추겨 돌다리를 고치고 계시었다.

"어떻게 갑재기 오느냐?"

"네. 좀 급히 여쭤봐야 할 일이 생겼습니다."

"그래? 먼저 들어가 있거라."

• 잡히다 값나가는 것을 맡기고 돈을 빌리다.
• 양관 서양식으로 지은 집.
• 동구 동네로 들어가는 길목의 첫머리.

동네 사람 수십 명이 쇠고삐• 두 기장•은 흘러내려 간 다릿돌을 동아줄에 얽어 끌어올리고 있었다. 개울은 동네 복판을 흐르고 있어 아래위로 징검다리는 서너 군데나 놓였으나 하룻밤 비에도 일쑤 넘치어 모두 이 큰돌다리로 통행하던 것이었다. 창섭은 어려서 아버지께 이 큰돌다리의 내력을 들은 것이 아직도 기억에 남아 있다.

"너희 증조부님 돌아가시어서다. 산소에 상돌•을 해 오시는데 징검다리로야 건네올 수가 있니? 그래 너희 조부님께서 다리부터 이렇게 넓구 튼튼한 돌루 노신 거란다."

그 후 오륙십 년 동안 한 번도 무너진 적이 없었는데 몇 해 전 어느 장마엔 어찌 된 셈인지 가운데 제일 큰 장•이 내려앉아 떠내려갔던 것이다. 두께가 한 자•는 실하고• 폭이 여섯 자, 길이는 열 자가 넘는 자연석 그대로라 여간 몇 사람의 힘으로는 손을 댈 염두•부터 나지 못하였다. 더구나 불과 수십 보 이내에 면의 보조를 얻어 난간까지 달린 헌다헌• 나무다리가 놓인 뒤엣 일이라 이 돌다리는 동네 사람들에게 완전히 잊힌 채 던져져 있던 것이었다.

- 쇠고삐 소를 부리기 위해 잡아매는 줄.
- 기장 길이의 단위로, '열 자(약 3미터)'에 해당함.
- 상돌 무덤 앞에 제사 음식을 차려놓기 위해 넓적한 돌로 만들어놓은 상.
- 장 넓적한 조각.
- 자 길이의 단위. 한 자는 약 30센티미터.
- 실하다 일정한 범위에 거의 도달하거나 들어찰 정도이다.
- 염두 무엇을 하려는 생각.
- 헌다헌 한다하는. 수준이나 실력 따위가 상당한.

집에 들어가니, 어머니는 다리 고치는 사람들 점심을 짓느라고 역시 여러 명의 동네 여편네들과 허둥거리고 계시었다.

"웬일인데, 어째 혼자만 오느냐?"

어머니는 손자 아이들부터 보이지 않음을 물으신다.

"오늘루 가야겠어서 아무두 안 데리구 왔습니다."

"오늘루 갈 걸 뭘 허 오누?"

"인전 어머니서껀* 서울로 모셔 갈 채빌 허러 왔다우."

"서울루! 제발 아이들허구 한데서 살아봤음 원이 없겠다."

하고 어머니는 땅보다, 조상님들 산소나 사당보다 손자 아이들에게 더 마음이 끌리시는 눈치였다. 그러나 아버지만은 그처럼 단순히 들떠질 마음이 아니었다.

아버지는 아들의 뒤를 좇아 이내 개울에서 들어왔다. 아들은, 의사인 아들은 마치 환자에게 치료 방법을 이르듯이 냉정히 차근차근히 이야기를 시작하였다. 외아들인 자기가 부모님을 진작 모시지 못한 것이 잘못인 것. 한집에 모이려면 자기가 병원을 버리기보다는 부모님이 농토를 버리시고 서울로 오시는 것이 순리인 것. 병원은 나날이 환자가 늘어가나 입원실이 부족되어 오는 환자의 삼분지 일밖에 수용 못 하는 것. 지금 시국에 큰 건물을 새로 짓기란 거의 불가능의 일인 것. 마침 교통 편한 자리에 삼층 양옥

* 서껀 '-이랑 함께'의 뜻을 나타내는 보조사.

이 하나 난 것. 인쇄소였던 집인데 전체가 콘크리트여서 방화 방공•으로 가치가 충분한 것. 삼층은 살림집과 직공들의 합숙실로 꾸미었던 것이라 입원실로 변장하기에 용이한 것. 각층에 수도·가스가 다 들어온 것. 그러면서도 가격은 염한• 것. 염하기는 하나 삼만 이천 원이라 지금의 병원을 팔면 일만 오천 원쯤은 받겠지만 그것은 새집을 고치는 데와 수술실의 기계를 완비하는 데 다 들어갈 것이니 집값 삼만 이천 원은 따로 있어야 할 것. 시골에 땅을 둔대야 일 년에 고작 삼천 원의 실리가 떨어질지 말지 하지만 땅을 팔아다 병원만 확장해 놓으면 적어도 일 년에 만 원 하나씩은 이익을 뽑을 자신이 있는 것. 돈만 있으면 땅은 이담에라도, 서울 가까이라도 얼마든지 좋은 것으로 살 수 있는 것……. 아버지는 아들의 의견을 끝까지 잠잠히 들었다. 그리고,

"점심이나 먹어라. 나두 좀 생각해 봐야 대답허겠다."

하고는 다시 개울로 나갔고, 떨어졌던 다릿돌을 올려놓고야 들어와 그도 점심상을 받았다.

점심을 자시면서였다.

"원, 요즘 사람들은 힘두 줄었나 봐! 그 다리 첨 놀 제 내가 어려서 봤는데 불과 여남은이서 거들던 돌인데 장정 수십 명이 한나절

• 방화 방공 방화는 '불이 나는 것을 미리 막음', 방공은 '적의 항공기나 미사일의 공격을 막음'이라는 뜻.
• 염하다 값이 싸다.

을 씨름을 허다니!"

"나무다리가 있는데 건 왜 고치시나요?"

"너두 그런 소릴 허는구나. 나무가 돌만 허다든? 넌 그 다리서 고기 잡던 생각두 안 나니? 서울루 공부 갈 때 그 다리 건너서 떠나던 생각 안 나니? 시쳇사람•들은 모두 인정이란 게 사람헌테만 쓰는 건 줄 알드라! 내 할아버니 산소에 상돌을 그 다리로 건네다 모셨구, 내가 천잘 끼구 그 다리루 글 읽으러 댕겼다. 네 어미두 그 다리루 가말 타구 내 집에 왔어. 나 죽건 그 다리루 건네다 묻어라…… 난 서울 갈 생각 없다."

"네?"

"천금이 쏟아진대두 난 땅은 못 팔겠다. 내 아버님께서 손수 이룩허시는 걸 내 눈으루 본 밭이구, 내 할아버님께서 손수 피땀을 흘려 모으신 돈으루 장만허신 논들이야. 돈 있다고 어디 가 느르지논• 같은 게 있구, 독시장밭• 같은 걸 사? 느르지논 둑에 선 느티나문 할아버님께서 심으신 거구, 저 사랑 마당엣 은행나무는 아버님께서 심으신 거다. 그 나무 밑에를 설 때마다 난 그 어룬들 동상(銅像)이나 다름없이 경건한 마음이 솟아 우러러보군 헌다. 땅이란 걸 어떻게 일시 이해를 따져 사구 팔구 허느냐? 땅 없어봐

• 시쳇사람 그 시대의 풍습이나 유행을 따르는 사람.
• 느르지논 철원군 철원읍 사요리 일대의 기름진 논을 이르는 말.
• 독시장밭 철원군 철원읍 율리리 근방에 있는 선비소(늪) 위에 있는 밭 이름.

라. 집이 어딨으며 나라가 어딨는 줄 아니? 땅이란 천지만물의 근거야. 돈 있다구 땅이 뭔지두 모르구 욕심만 내 문서쪽으로 사 모기만 하는 사람들, 돈놀이처럼 변리*만 생각허구 제 조상들과 그 땅과 어떤 인연이란 건 도시* 생각지 않구 헌신짝 버리듯 하는 사람들, 다 내 눈엔 괴이한 사람들루밖엔 뵈지 않드라."

"……."

"네가 뉘 덕으루 오늘 의사가 됐니? 내 덕인 줄만 아느냐? 내가 땅 없이 뭘루? 밭에 가 절하구 논에 가 절해야 쓴다. 자고로 하늘 하늘 허나 하늘의 덕이 땅을 통허지 않군 사람헌테 미치는 줄 아니? 땅을 파는 건 그게 하늘을 파나 다름없는 거다."

"……."

"땅을 밟구 다니니까 땅을 우섭게들 여기지? 땅처럼 응과*가 분명헌 게 무어냐? 하늘은 차라리 못 믿을 때두 많다. 그러나 힘들이는 사람에겐 힘들이는 만큼 땅은 반드시 후헌 보답을 주시는 거다. 세상에 흔해 빠진 지주들, 땅은 작인*들헌테나 맡겨버리구, 떡 도회지에 가 앉어 소출*은 팔어다 모다 도회지에 낭비해 버리구, 땅 가꾸는 덴 단돈 일 원을 벌벌 떨구. 땅으루 살며 땅에 야박

- 변리 남에게 돈을 빌려 쓴 대가로 치르는 일정한 비율의 돈.
- 도시 도무지.
- 응과 이치에 맞는 결과.
- 작인 다른 사람의 땅을 빌려 농사를 짓고 그 대가로 사용료를 내는 사람.
- 소출 논밭에서 나는 곡식.

한 놈은 자식으로 치면 후레자식* 셈이야. 땅이 말을 할 줄 알어봐라? 배가 고프단 땅이 얼마나 많을 테냐? 해마다 걷어만 가구, 땅은 자갈밭이 되니 아나? 둑이 떠나가니 아나? 거름 한 번을 제대로 넣나? 정 급허게 돼 작인이 우는소리나 해야 요즘 너희 신의* 들 주사침 놓듯 애꿎은 금비(약품 비료)만 갖다 털어넣지. 그렇게 땅을 홀댈 허군 인제 죽어서 땅이 무서서 어디루들 갈 텐구!"

창섭은 입이 얼어버리었다. 손만 비비었다. 자기의 생각은 너무나 자기 본위*였던 것을 대뜸 깨달았다. 땅에는 이해를 초월한 일종 종교적 신념을 가진 아버지에게 아들의 이단적인 계획이 용납될 리 만무*였다. 아버지는 상을 물리고도 말을 계속하였다.

"너루선 어떤 수단을 쓰든지 병원부터 확장허려는 게 과히 엉뚱헌 욕심은 아닐 줄두 안다. 그러나 욕심을 부련 못 쓰는 거다. 의술은 예로부터 인술이라지 않니? 매살 순탄허게 진실허게 해라."

"……."

"네가 가업을 이어나가지 않는다군 탄허지 않겠다. 넌 너루서 발전헐 길을 열었구, 그게 또 모리지배(謀利之輩)*의 악업이 아니

- 후레자식 배운 데 없이 막되게 자라 교양이나 버릇이 없는 사람을 낮잡아 이르는 말.
- 신의 '한의'와 대비되는 말로, 서양 의술과 양약으로 병을 고치는 것을 직업으로 하는 사람을 일컫는 말.
- 자기 본위 감정이나 이해관계를 기준으로 생각하고 행동하는 일.
- 만무 절대로 없음.
- 모리지배 모리배. 온갖 수단과 방법으로 자신의 이익만을 꾀하는 사람. 또는 그런 무리.

라 활인허는• 인술이구나! 내가 어떻게 불평을 말허니? 다만 삼사대 집안에서 공들여 이룩해 논 전장•을 남의 손에 내맡기게 되는 게 저윽• 애석헌 심사가 없달 순 없구……."

"팔지 않으면 그만 아닙니까?"

"나 죽은 뒤에 누가 거두니? 너두 이제두 말했지만 너두 문서쪽만 쥐구 서울 앉어 지주 노릇만 허게? 그따위 지주허구 작인 틈에서 땅들만 얼말 곯는지 아니? 안 된다. 팔 테다. 나 죽을 임시•엔 다 팔 테다. 돈에 팔 줄 아니? 사람헌테 팔 테다. 건너 용문이는 우리 느르지논 같은 건 한 해만 부쳐보구 죽어두 농군으로 태났던 걸 한허지 않겠다구 했다. 독시장밭을 내논다구 해봐라, 문보나 덕길이 같은 사람은 길바닥에 나앉드라두 집을 팔아 살려구 덤빌 게다. 그런 사람들이 땅임자 안 되구 누가 돼야 옳으냐? 그러니 아주 말이 난 김에 내 유언이다. 그런 사람들 무슨 돈으로 땅값을 한목• 내겠니? 몇몇 해구 그 땅 소출을 팔아 연년이 갚어나가게 헐 테니 너두 땅값을랑 그렇게 받어갈 줄 미리 알구 있거라. 그리구 네 모가 먼저 가면 내가 묻을 거구, 내가 먼저 가게 되면 네 모만은 네가 서울루 그때 데려가렴. 난 샘말서 이렇게 야인으로나

• **활인하다** 사람의 목숨을 구하여 살리다.
• **전장** 개인이 소유하는 논밭.
• **저윽** 저으기. 적이. 꽤 어지간한 정도로.
• **임시** 정해진 시간에 이름. 또는 그 무렵.
• **한목** 한꺼번에.

죄 없는 밥을 먹다 야인인 채 묻힐 걸 흡족히 여긴다."

"……."

"자식의 젊은 욕망을 들어 못 주는 게 애비 된 맘으루두 섭섭허다. 그러나 이 늙은이헌테두 그만 신념쯤 지켜오는 게 있다는 걸 무시하지 말어다구."

아버지는 다시 일어나 담배를 피우며 다리 고치는 데로 나갔다. 옆에 앉았던 어머니는 두 눈에 눈물을 쭈루루 흘리었다.

"너희 아버지가 여간 고집이시냐?"

"아뇨. 아버지가 어떤 어룬이신 건 오늘 제가 더 잘 알었습니다. 우리 아버진 훌륭헌 인물이십니다."

그러나 창섭도 코허리가 찌르르하였다. 자기가 계획하고 온 일이 실패한 것쯤은 차라리 당연하게 생각되었고, 아버지와 자기와의 세계가 격리되는 일종의 결별의 심사를 체험하는 때문이었다.

아들은 아버지가 고쳐놓은 돌다리를 건너 저녁차를 타러 가버리었다. 동구 밖으로 사라지는 아들의 뒷모양을 지키고 섰을 때, 아버지의 마음도, 정말 임종에서 유언이나 하고 난 것처럼 외롭고 한편 불안스러운 심사조차 설레었다.

아버지는 종일 개울에서 허덕였으나 저녁에 잠도 달게 오지 않았다. 젊어서 서당에서 읽던 백낙천의 시가 다 생각이 났다. 늙은 제비 한 쌍을 두고 지은 노래였다. 제 배 속이 고픈 것은 참아가며 입에 얻어 문 것은 새끼들부터 먹여 길렀으나, 새끼들은 자라서 나래에 힘을 얻자 어디로인지 저희 좋을 대로 다 날아가 버리어, 야위고 늙은 어버이 제비 한 쌍만 가을바람 소슬한• 추녀 끝에 쭈그리고 앉았는 광경을 묘사하였고, 나중에는, 그 늙은 어버이 제비들을 가리켜, 새끼들만 원망하지 말고 너희들이 새끼 적에 역시 그러했음도 깨달으라는 풍자의 시였다.

'흥……!'

노인은 어두운 천장을 향해 쓴웃음을 짓고 날이 밝기를 기다려 누구보다도 먼저 어제 고쳐놓은 돌다리를 보러 나왔다.

흙탕이라고는 어느 돌틈에도 남아 있지 않았다. 첫곬•으로도, 가운뎃곬으로도, 끝엣곬으로도 맑기만 한 소담한 물살이 우쭐우쭐 춤추며 빠져 내려갔다. 가운뎃장으로 가 쾅 굴러보았다. 발바닥만 아플 뿐 끄떡이 있을 리 없다. 노인은 쭈루루 집으로 들어와 소금 접시와 낯수건을 가지고 나왔다. 제일 낮은 받침돌에 내려앉아 양치를 하고 세수를 하였다. 나중에는 다시 이가 저린 물을 한 입 물어 마시며 일어섰다. 속엣 모든 게 씻기는 듯 시원하였다. 그리고 수염엣 물을 닦으며 이렇게 생각하였다.

'비가 아무리 쏟아져도 어떤 한정을 넘는 법은 없다. 물이 분수

• 소슬하다 으스스하고 쓸쓸하다.
• 곬 한쪽으로 트여 나가는 방향이나 길.

없이 늘어 떠내려갔던 게 아니라 자갈이 밀려 내려와 물구멍이 좁아졌든지, 그렇지 않으면 어느 받침돌이 밑이 물살에 궁굴러 쓰러졌던 그런 까닭일 게다. 미리 바닥을 치고 미리 받침돌만 제대로 보살펴 준다면 만년을 간들 무너질 리 없을 게다. 그저 늘 보살펴야 허는 거다. 사람이란 하늘 밑에 사는 날까진 하루라도 천리•에 방심을 해선 안 되는 거다…….'

《돌다리》(박문서관, 1943)에 실린 글을 바탕으로 함.

• **천리** 천지자연의 이치. 하늘의 바른 도리.

작품 이해하기

이 소설은 일제 말기인 1943년에 《국민문학》에 발표된 단편소설이다. 아버지 세대와 아들 세대 간의 갈등을 통해서 물질을 중시하는 근대사회에 대한 비판적 인식을 드러내고 있다.

<돌다리>가 발표된 1940년대는 식민지 조선 사회가 격변을 겪고 있던 시기였다. 우리나라는 일제 강점하에 있었고, 제2차 세계대전의 소용돌이 속에서 일제는 군국주의를 내세워 우리 민족의 전통문화를 말살하고 일본의 문화를 강제로 주입했다. 이런 과정에서 이루어진 근대화는 서서히 자연스럽게 이루어지지 않고 급격하고 파행적인 방식으로 진행되었다. 이로 인해 우리의 전통적 생활방식과 가치관이 무너지고 근대적 생활방식과 가치관이 자리를 잡게 된다. 이 작품은 이러한 시대 상황에 대한 비판적 의식을 '땅' 문제를 통해서 드러내고 있다.

병원 확장을 위해 땅을 팔자고 제안하는 아들에게 아버지는 땅은 천지 만물의 근거라는 논리를 내세워 반대한다. 작가는 아버지의 말을 통해서 토지의 본래적 가치보다 금전적인 가치만을 중시하는 근대 자본주의 사회의 가치관을 비판하고 있다. 이러한 작가의 생각은 '돌다리'라는 소재를 통해서

상징적으로 표현된다. 편리하게 사용할 수 있는 '나무다리'가 있는데도 부서진 '돌다리'를 고치는 아버지의 태도에서 전통적이고 자연 중심적 가치관을 엿볼 수 있다.

아버지에게 '돌다리'란 단순한 다리가 아니라 가족과 선조들의 인연이 살아 숨 쉬는 자연물이다. 그런 '돌다리'를 고치는 행위를 통해서 과거와 현재를 잇고자 하는 아버지의 마음을 보여주고 있다. 따라서 땅을 팔지 않겠다는 아버지의 주장은 단순히 변화를 거부하는 고집으로만 볼 수는 없을 듯하다.

하지만 전통적 사고방식과 근대적 사고방식의 단순 대립을 통해서 전통적 사고방식의 일방적 승리를 말하고자 하지는 않는다. 작가는 아버지의 입을 빌려 근대적 사고방식에 대한 비판을 말하고는 있지만 무조건적으로 배척하는 것은 아니다. 변화하는 시대적 상황도 인정하지만, 그러함에도 자기가 지켜야 할 것이 무엇인가를 명확하게 드러냄으로써 파행적으로 흘러가는 근대화를 막고자 한 것이다.

의사인 아들은 현실적이고 합리적인 근대적 인물이고, 농부인 아버지는 전통적인 가치를 중시하는 구세대의 인물이다. 두 인물이 대립하고 갈등하고 있기는 하지만 한 쪽을 긍정하고 다른 쪽을 부정하는 것은 아니다. 아들은 병원을 확장하면 여러 가지 이득이 있고 부모를 모시는 한 방편도 된다는 논리를 들어 땅을 팔자고 제안한다. 하지만 이런 아들의 제안에 아버지는 땅을 팔아서는 안 된다는 신념을 논리 정연하게 펼쳐놓는다. 아들은 아버지가 펼치는 논리에 압도당하고 자신의 계획이 잘못되었음을 인정하지만, 아들이 아버지의 신념 세계로 들어갈 수 있는 것은 아니다. 아들은 단지 아버지의 세계 그 자체를 훌륭한 것으로 인정하고 있을 뿐이다. 즉 아들이 느끼는 것은 아버지와 자기와의 세계가 격리되는 일종의 결별의 심사인 것이다.

아들은 아버지의 세계를 인정하고 어느 정도까지 경외하고 동경하는 마음으로 바라보면서도 아버지와 똑같은 생각을 가질 수 없다는 데서 비롯되는 모순적 심리 상태에 놓이게 된다. 이 지점이 작가가 시대에 대해서 갈등하고 번민하는 부분이라고 할 수 있다. 과거의 전통적인 가치를 중시하는 자신의 모습을 아버지를 통해서 드러내고 있지만 또한 시대가 변화하고 있다는 현실적 상황을 받아들이지 않을 수 없는 것이다.

어쩌면 작가는 새로 지은 '나무다리' 같은 일제와 부서진 '돌다리' 같은 조선의 모습을 바라보면서 일제 말기의 파행적 근대화에 대해 내면적으로 저항하고자 했던 것은 아닐까? 아버지가 부서진 '돌다리'를 기어이 고치는 모습이나 마지막 장면에서 돌다리가 떠내려간 이유에 대해 궁리하는 것에서 그런 심정을 엿볼 수 있다. 미리 바닥을 치고 받침돌만 제대로 보살폈으면 만 년이 가도 무너질 리가 없다고 혼잣말을 하는 장면에서, 미리 방비를 잘했다면 우리나라도 망하지 않았을 것이라고 생각한 것은 아닐까? 그래서 사람이란 하늘 밑에서 살면서 하루라도 천리에 방심을 해서는 안 된다고 다짐을 하고 있는지도 모른다.

작품 깊이읽기

아들 창섭의 마음

창섭이 병원을 확장하려는 데에는 의사로서의 사명감뿐만 아니라 누이에 대한 애정도 담겨 있다. 창섭은 어렸을 때 불성실하고 실력이 없는 의사 때문에 맹장염을 앓던 누이인 창옥을 잃은 경험이 있다. 이로 인해 창섭은 훌륭한 의사가 되어서 누이처럼 억울하고 허무하게 죽는 사람이 없도록 하겠다며 의전에 진학한다. 이러한 마음이 그의 삶의 추동력이 되어 서울에서 맹장 수술의 권위자가 된 것이다.

창섭은 자기 자신만의 욕심을 위해 병원을 넓히겠다고 생각하는 것은 아니다. 경제적인 이유도 있겠지만 부모님을 생각하는 마음 때문이기도 하다. 아버지는 환갑이 넘었고 어머니도 건강이 좋지 않으니 자기가 모셔야 한다고 생각한 것이다. 창섭은 이런 그의 뜻이 합리적이기 때문에 부모님도 동의해 주실 것이라 믿었을 것이다. 하지만 아버지의 생각은 창섭의 생각과는 너무도 달랐다.

아버지와 아들

아버지는 평생 부지런히 농사를 지으면서 자식이 의사가 되기까지 공부시킨 인물이다. 땅에 대한 애착과 신념이 강한 인물로, 땅을 사고파는 세태를 비판하면서 아들이 땅을 팔아 병원 건물을 사고 싶다는 제안을 단호히 거절한다.

아들 창섭은 병원을 확장하기 위해 아버지에게 땅을 팔자고 제안하지만 아버지의 거절에 아무 말도 못 하고 자기의 생각이 너무 자기 본위였음을 깨닫는다. 창섭은 토지를 사용 가치가 아닌 교환 가치로만 바라보는 근대적 사고방식을 지닌 인물이기는 하지만, 아버지의 세계를 인정한다는 점에서 부정적인 인물로만 볼 수는 없다.

아버지는 땅은 삶의 터전이라는 인식을 지니고 있는 반면 아들은 땅을 금전적 가치로 생각하고 있다. 아들은 토지를 지니고 있어 봐야 실리로 보면 삼천 원이 떨어질지 말지 하지만 병원만 확장해 놓으면 만 원 정도의 이익을 볼 수 있다고 말한다. 그리고 돈만 있으면 나중에라도 서울 가까운 곳에 얼마든지 좋은 것으로 살 수 있다고 생각한다.

돌다리와 나무다리

'돌다리'와 '나무다리'는 무엇을 의미할까? 아들 창섭이 아버지에게 '나무다리'가 있는데 '돌다리'를 왜 고치냐고 묻는 장면이 나온다. 여기에서 '나무다리'는 아들의 세대와 관련이 있고, '돌다리'는 아버지 세대와 관련이 있다는 것을 짐작할 수 있다. '나무다리'는 놓인 지 얼마 되지 않았고, '돌다리'는 놓인 지 오래되었지만 부서져 있는 상태이다. 아들은 '나무다리'가 있기 때문에 굳이 '돌다리'를 고치지 않아도 된다고 생각하고, 아버지는 기어이 '돌다리'를 고쳐야 한다고 생각한다.

'돌다리'와 '나무다리'에 대한 인식은 세대 간 가치관 차이를 보여준다. 아버지는 오랜 세월 형성되어 온 전통적이고 자연 중심적 가치관을 가지고 있다. 이에 비해 아들은 도시에 살면서 서양 의학이라는 문화를 받아들인 근대적 가치관과 사고방식을 가지고 있다.

그리고 '돌다리'는 과거와 현재, 그리고 미래를 연결해 주는 매개체가 되기도 한다. 아버지가 돌다리를 굳이 돈을 들여서 고치는 행위는 어쩌면 과거부터 전해지던 전통적이고 정신적인 문화가 근대사회로 변모해 가는 후대에까지 이어지기를 염원하는 것은 아닐까?

아버지에게 땅이란?

아버지는 땅을 천지만물의 근거라고 생각하면서 땅에 대해 거의 종교적이라 할 만큼 애착을 지니고 있다. 또한 땅이 없으면 집도 없고 나라도 없다고 역설한다. 이렇게 말하는 이면에는 땅의 소중함을 강조함과 동시에 일제에게 나라를 빼앗긴 백성으로서의 회한과 비판이 담겨 있다고 할 수 있다.

아버지는 땅을 사고파는 재산적 가치, 즉 교환 가치로만 생각하는 당시의 세태에 대해서 매우 못마땅해한다. 아버지는 땅을 돈으로 바꿀 수 없는 인정과 추억 같은 무형의 가치를 지닌 것으로 보고 있다.

아버지는 아들의 제안을 거절하지만 자기가 죽기 전에 땅을 팔 거라고 말한다. 다만 땅을 팔 때는 돈에 팔지 않고 사람한테 팔 것이라고 한다. 즉 자신의 땅을 잘 돌보고 가꿀 사람에게 팔겠다는 것이다. 농지는 농사를 짓는 농민이 소유해야 한다는 것이 아버지의 생각이고 이것이 바로 아버지가 땅을 대하는 진정성이다.

이태준을 읽다

1판 1쇄 발행일 2021년 3월 29일

지은이 박기호

발행인 김학원
발행처 (주)휴머니스트출판그룹
출판등록 제313-2007-000007호(2007년 1월 5일)
주소 (03991) 서울시 마포구 동교로23길 76(연남동)
전화 02-335-4422 **팩스** 02-334-3427
저자·독자 서비스 humanist@humanistbooks.com
홈페이지 www.humanistbooks.com
유튜브 youtube.com/user/humanistma **포스트** post.naver.com/hmcv
페이스북 facebook.com/hmcv2001 **인스타그램** @humanist_insta

편집책임 문성환 **편집** 김사라 **디자인** 이수빈
용지 화인페이퍼 **인쇄** 청아디앤피 **제본** 정민문화사

ISBN 979-11-6080-620-5 43810